6歳の賢者は日陰の道を歩みたい
SIX-YEARS-OLD
SAGE
Want to walk in the shade
斧名田マニマニ
イラスト
イセ川ヤスタカ
Story by Ononata Manimani
Illustration by Isegawa Yasutaka

おじさんみたいな魔王はさ、

いっぱい倒してきたんだよ
ば……馬鹿なあああああぁぁぁぁぁっ!!
僕は、風魔法と火魔法を融合させ、一気にぶっ放した。

私の目指すところは
世界平和だ

僕は世界平和とか、
まったく
興味ないよ
僕はやれやれと
額を押さえた。

大したものだね、
竜人の族長。でも……

ぐ、ぐうううううううう……ッ!?
振りかぶられた大剣。
叩きつけるようにそれが下ろされる。
その直前に、僕は風魔法を
族長に向かって放った。

SIX-YEARS-OLD SAGE
Want to walk in the shade

Contents

6歳の賢者は日陰の道を歩みたい

SIX-YEARS-OLD
SAGE
Want to walk in the shade

斧名田マニマニ

イラスト
イセ川ヤスタカ

Story by Ononata Manimani
Illustration by Isegawa Yasutaka

第一話

最強賢者、転生する

魔王城最深部、闇《やみ》の神殿内——。

たった今、魔王から放たれた無数の魔剣は、対峙している賢者《けんじゃ》の体に次々と突き刺さり、赤い飛沫《しぶき》を噴き出させた。

「ふっ。最強の賢者と聞いていたが、他愛《たあい》ない」

勝ち誇った笑みを浮かべた魔王が、手にした杖《つえ》を高らかに掲《かか》げる。

魔王は、ゆっくりと顔を上げた賢者に向かい、最後の一撃を放とうとしていた。

「貴様の命、ここで終わりだ」

紫色をした薄い唇《くちびる》を歪《ゆが》めて、詠唱《えいしょう》をはじめる。

賢者はただ静かに、魔王の落ちくぼんだ瞳《ひとみ》を見つめ返した。

顎《あご》を伝い落ちる血。

治癒《ちゆ》魔法を施《ほどこ》す余力もないのか、賢者の体は傷だらけだ。

賢者には、傷を治してくれる回復士がいない。

これまでこの魔王城に辿《たど》り着いた者たちは、皆例外なく徒党《ととう》を組んでいたのに、賢者はひとりきりだった。

ずば抜けた魔力を持ち、最強と恐れられた男に、仲間など必要なかったからだ。

神殿でひとりきり、魔王の究極魔法を穿《うが》たれようとしているその賢者は、魔王の瞳を見つめたまま、いつの間にか笑っていた。

「何がおかしい？」

魔王は怪訝《けげん》そうに問いかけた。

詠唱を途中で止めたのは、得体の知れない違和感を覚えたからだ。

「賢者よ。死の恐怖に呑《の》まれて、錯乱《さくらん》したか？」

尋ねながらも、それは違うとわかっている。

なぜなら賢者はまったく取り乱していない。

やはり妙《みょう》だ。

瀕死《ひんし》の傷を負っているくせに、どうして落ち着いていられるのか。

そのとき、不意に賢者の流した血が、青白い光を帯びて輝きを放ちはじめた。

「な……!?　これはなんだ!?」

「ああ、やっとはじまった。正直、血を流しすぎてクラクラしてきたところなんだ。でも苦しんだ甲斐《かい》があった。これですべてが意味を成す」

「ば、馬鹿《ばか》な……。この魔力はいったい……!?」

賢者を殺そうとしていたはずの魔王は、目に見えて狼狽《うろた》えはじめた。

「こんなにも強大な魔力、未だかつて感じたことがないぞ!?」

「そんなふうに魔王に褒《ほ》めてもらえるなんて光栄だよ」

「き、貴様！　いったいなにをしようとしている⁉」

「神性魔法『転生術式』を発動させたんだよ。僕も初めて使う魔法だから心配していたけど、上手《うま》くいったみたいだ」

「『転生術式』だと⁉」

「この魔法、知ってる？　禁断の最高位魔法だよ。発動するために必要な代償は、この僕の体、僕の血、僕の魔力。それから罪を犯した上級魔族千人分の命が必要なんだ」

グシャッ——という音がした。

なにかが引きちぎられるような、ひどく不快《ふかい》な音が。

「な……んだと……」

衝撃とともに、魔王は自分の体をゆっくりと見下ろした。

「馬鹿な……馬鹿な、馬鹿なあああッッ！」

己の体の右半分が、なくなっている。

光に包まれた左半分も砂のように消滅していくところだ。

「おまえ、なにをしたぁッ……⁉」

賢者はふうっと息をついた。

「君で千人目。まったく、ここまでダルかった。——たしかに君の言うとおり、僕の生はここで終わりだ。今回は」

賢者がそう口にした瞬間、神殿一帯に巨大な魔法陣が展開された。

「悪いね。これは僕の夢だ。君を巻き込んですまないけど、君だって人間を殺しすぎた。もう潮時《しおどき》だよ」

「この私が……この私がやられるだと⁉ それも人間なんぞが発動させた魔法の生贄《いけにえ》で！ そんなことを許すわけがああッッ……」

すべて言い切ることもなく、魔王は消滅した。


これで終わりだ。

そしてはじまる。

新たな人生が――。

「いよいよか」

成功すれば、この生の記憶すべてを引き継いで、別の人間へ生まれ変わることができる。

（成功すれば、だって……？）

今まで一度だって失敗したことがないくせに、さすがの自分も不安を抱いているのだろうか。

「ふっ、まさかね。なにひとつ問題はないんだ。条件は完璧にそろった。魔術式も発動されている。失敗などしない。僕は新たな人生を手に入れられるだろう」

この『転生術式』で――。

そしてようやく、長年望み続けたものを得るのだ。

人助けに明け暮れる日々はおしまい。

もう永遠に挑み続けてくる魔力自慢の馬鹿の相手をしたり、こうして魔王を倒すための慈善事業に駆り出される必要もない。

とにかく、来世ではのんびりしたい。

金持ちで、見た目がよくて、遊んで暮らせる身分に生まれ変われたら言うことなしだ。

「こんなに人類を救ったんだし、それくらいの見返りは求めてもいいだろう？」

いよいよ転生魔法が終盤を迎える。

新たなる人生を祝福するかのように、神々《こうごう》しい光が賢者を包み込む。

期待を胸に目を閉じる。

次第に意識が薄れていき――……。

◇◇◇

転生を果たした僕は――。

ラドクリフ辺境伯《へんきょうはく》家の末っ子エディとして、新たな生を受けたのだった。

もちろん赤ん坊の頃は、前世のことなんて覚えていなかった。

記憶が戻ったのは、六歳の誕生日。

ベッドの上で目覚めた瞬間、唐突《とうとつ》に、なにもかもを思い出した。

魔術式、詠唱、前世で培《つちか》った知識が、目まぐるしい勢いで押し寄せてきたのには、さすがの僕も焦《あせ》った。

「うわっ……。くっ……」

胃と脳をぐちゃぐちゃにかき混ぜられているかのような感覚。

自分の中身が再構築されていくみたいだ。

僕は呼吸どころか、瞬《まばた》きひとつできないまま、ただ目を見開いていた。

ようやく情報の大洪水が収まったのは、僕の精神が崩壊しかけた頃だった。

「そっか……。そうだったんだ……。全部思い出せたけど……。き、気持ちわる……」

うーっと唸《うな》って、ふかふかの枕《まくら》に顔を埋める。

生まれてすぐ記憶が戻らないよう、前世の自分が取りはからったことも思い出した。

「それにしても『再構築』に『崩壊』ね」

ただの六歳児だった僕が知らなかった言葉を、いつの間にか当たり前のように使いこなしているのは、不思議な感じがする。

どうやら僕の思考は、前世寄りに固定されはじめているらしい。

混濁《こんだく》している意識の片隅で、そんなことを考えるくらいには余裕が戻ってきた。

「はぁ、やっと落ち着いた。まったく……。前世の僕も人が悪いな」

六歳の誕生日にすべての記憶を与えるなんて。

負担を緩和させるなら、赤ん坊の頃から少しずつ段階を踏《ふ》んでくれればよかったのに。無茶をする。

現世の僕の精神が、このぐらいでは乱れないほど強靭《きょうじん》でよかった。

まだバクバクいっている心臓に手を当てて、ゆっくり体を起こす。

「しかしまいったな」

前世の記憶がなかったせいで、六年間、魔法を一度も使わず過ごしてしまった。

それどころか、エディの体では魔法適正診断さえ受けていない。

「そもそもこの体、ちゃんと魔法を使えるのかな」

ラドクリフ辺境伯家はかなり裕福なうえ、両親や兄たちは末っ子である僕を溺愛《できあい》している。

そのため、剣や魔法の鍛錬《たんれん》なんて、危険だからしなくていいと言われてきたのだ。

跡取りでもない末弟《まってい》は、なにもできなくても、一生遊んで暮らせる生活が約束されていた。

恵まれた人間もいたものだ。

「って、これじゃあまるで他人事だ」

自分の話だという実感が薄れているのに気づき、苦笑する。

前世の自分と現世の自分。

自意識をすり合わせるには、少し時間がかかりそうだ。

それはそれとして――。

まずはステータスを確認してみよう。

「ステータス、オープン」

＊＊＊＊＊＊＊＊＊＊＊＊＊＊＊＊＊＊＊＊＊＊＊
名前：エディ
レベル1
職業：賢者
体力：10
魔力量：10
所持魔法：？？？
魔法能力値：？？？
＊＊＊＊＊＊＊＊＊＊＊＊＊＊＊＊＊＊＊＊＊＊＊

「うわー。これは……」

見事なお子様っぷりだ。

所持魔法と魔法能力値の部分は、まだなんの魔法も習得していないせいで、表示不能となっている。

体力も魔力量も貧弱《ひんじゃく》。それらの数値はレベルに合わせて変化するため、魔法を学んでこなかった影響がもろに出ている。

「まずは魔法を習得して、レベルを上げないと」

魔術式と詠唱の記憶は戻っている。

魔法を発動させるときの感覚も思い起こせる。

「さっそく実践しよう」

ただしこの部屋の中でやるわけにはいかない。

万が一、魔法が暴走して、部屋の壁や家具を壊したらまずい。

両親はそんなことじゃ僕を怒りはしないけれど、危険だと言って魔法の使用を禁じられかねなかった。

前世で当たり前に使っていた能力を失ったままなのは、不便だし、ソワソワする。

自分の半身が欠けているみたいな感じだ。

家族には、魔法を使えるようになっても隠しておけばいい。

よし。そうと決まれば、誰《だれ》にも見られず魔法を練習できる場所に移動しよう。

「ちょうどお誂《あつら》え向きの場所がある」

この少年の体が、どれくらいの可能性を秘めているのか楽しみだ。

第二話

ステータスの数字が異常すぎる

屋敷の周囲に広がる森。

パジャマにガウンを羽織《はお》っただけの格好《かっこう》で、その入口に辿《たど》り着いた僕は、早速適当なモンスターを発見した。

透明な体でぽよぽよと跳《は》ねている物体。

幼児のデビュー戦に最適な弱小モンスター、赤スライムだ。

経験値は期待できなくても、六歳の体で倒すには適当な相手である。

赤スライムは僕の敵意を感じ取ったらしく、ぽよんと跳ねて飛びかかってきた。

右に飛び退《すさ》って、うまく避ける。

前世で得た知識があるから、赤スライムの特性はわかっている。

使う攻撃は、体当たりと弱火魔法だけ。

弱点は、ぶよぶよの体の真ん中にある核《かく》だ。

尖《とが》った武器を上から刺して核を貫けば、一発で弾《はじ》け飛ぶ。

赤スライムから習得できる魔法は、火魔法と探知魔法の二種類。

習得確率は高いほうなので、期待しよう。

火魔法を放たれては厄介《やっかい》だから、今度はこちらから攻撃を仕掛ける。
僕は道中で拾っておいた尖った石を、赤スライムめがけて思いっきりふりかぶった。
ぶじゅっ！
核に突き刺さる手応えを感じた。
赤スライムは狙いどおり、音を立てて弾け飛んだ。
赤スライムが消滅するのと同時に、地面にコロンと落ちたのは朱色《しゅいろ》のかたまりだ。
宝石のようなそれを見て、「おっ」と思う。
「スライムコアだ。ついてるな」
スライムを倒すと、ごく稀《まれ》にドロップするレア素材だ。
万能目薬の材料に使えるため、薬屋だったらそこそこの値で買い取ってくれる。
お小遣《こづか》いの足しにしようと、僕はスライムコアをガウンのポケットに入れた。
さて、次はステータスの確認だ。
今ので魔法を習得できただろうか？

＊＊＊＊＊＊＊＊＊＊＊＊＊＊＊＊＊＊＊

名前：エディ
レベル１
職業：賢者《けんじゃ》

体力：10
魔力量：30
所持魔法：火魔法（弱）、探知魔法
攻撃力：3
魔法能力値：11958５（転生ボーナス）
＊＊＊＊＊＊＊＊＊＊＊＊＊＊＊＊＊＊＊＊＊＊＊＊＊

「よし。魔法は習得できてる。火魔法と探知魔法、両方取れたんだ」

どちらも超初級にして、ささやかな魔法だ。

この世界で魔法が使える人間なら、ほぼ誰もが持っている。

火魔法。

これは汎用的な魔法なので、持ち主のレベルに威力が依存する。

レベル１の僕では、せいぜい飴玉《あめだめ》サイズの火を放てるぐらいだろう。

探知魔法。

こっちは自分の周辺にある生物の気配を察知できる魔法だ。

周囲に敵がいないかどうかを探ったり、真っ暗《まくら》なダンジョンに入ったときなどに、目の代わりとして役立てたりもできる。

目のないスライムたちは、この魔法を使って獲物を探しているのだ。

「ん……？」

所持魔法の部分にだけ注目していた僕は、不意に違和感を覚えた。

レベルが上がるわけはないから、つい無関心だったのだけれど。

習得した魔法よりも、その下の部分がおかしい。

＊＊＊＊＊＊＊＊＊＊＊＊＊＊＊＊＊
魔法能力値：11958５（転生ボーナス）
＊＊＊＊＊＊＊＊＊＊＊＊＊＊＊＊＊

「なんだ、これ……。『魔法能力値：119585』って……。この数字、前世の僕以上だ……」

いくらなんでもそれはおかしい。

だって僕は今、レベル1なのだから。

こんな数字になるわけがない。

魔法能力値はレベルの高さによって増えていく値なのだが、前世でレベル99だった僕ですら、97320だった。

たった今、魔法を習得したばかりだというのに、レベルマックスだった賢者時代の数値を超えるなんてありえない。

「それに転生ボーナスって？」

もう一度、ステータスを開示し直してみようとしたとき――。

「きゃあああっ……！」

森の奥から、若い女の人の悲鳴が聞こえてきた。

「今の声は――。あの禁じられた森の中に、人がいる……？」

目前に広がる森。

『禁断《きんだん》の森《もり》』と呼ばれるその場所には、特殊な結界が張られている。

僕の家系、ラドクリフ辺境伯《へんきょうはく》家は、代々この『禁断の森』に張られた結界を護ってきた。

結界の中には、凶悪な魔物が無数に閉じ込められている。

そのため領民たちは、なにがあってもこの森の中には入らない。

「もしかして余所者《よそもの》が迷いこんじゃったのかな」

ステータスのことは後回しだ。

僕は習得したばかりの探知魔法を使った。

レベル1だから詳細には調べられないだろうし、探知範囲も十メートルほどだろう。

それでも悲鳴が聞こえるほど近い距離なら、なんとかなるはずだ。

そう思って発動した直後。

僕はぎょっとして息を呑《の》んだ。

「これは……」

眼前に表示された周辺の地図。

それはあまりにも細かく解析されすぎていた。

通常の探知魔法では、せいぜいどの場所に生物がいるかわかるぐらいだ。

大雑把《おおざっぱ》な地図に、白い光が明滅して、生物の位置を知らせてくれる。

それがごく一般的な探知魔法の効果だった。

だけど僕の前に表示されているのは、地形を完璧に再現した地図なうえ、その場にいる生命体に関して詳細な情報まで与えてきた。

ここから数十メートル先に、魔物と人間がいること。

魔物の種族名とその位置関係までわかるようになっていた。

＊＊＊＊＊＊＊＊＊＊＊＊＊＊＊＊＊＊＊＊

キングオーク
オーク　オーク
オーク
オーク　オーク
オーク　オーク
人間（女）

＊＊＊＊＊＊＊＊＊＊＊＊＊＊＊＊＊

探知魔法を使って、これほど詳細な情報を手に入れられる人間を僕はひとりしか知らない。

それは、前世の僕だ。

「はは、信じられないな……。レベル１しかない六歳の子供が、魔王を倒したレベル99の賢者と、同じ精度の魔法を使えたって？」

わけがわからなくて混乱する。

でも、今はそれどころではない。

オークたちの反応が、人間の女と記されている光に接近していくのを見て、僕は額《ひたい》を押さえた。

「どう考えても襲われているよね、これ」

六歳の幼気《いたいけ》な少年として僕が取るべき正しい行動は、家に引き返して父を呼んでくることだ。

父は強力な魔法の使い手であり、オークくらいどうにかできる。

だけどそれじゃあ間に合わない。

かといって僕が使えるのは、探知魔法と微弱な火魔法だけ。

火魔法に至っては、まだ試してすらいない。

「――いや。火魔法が使えれば、オークたちを攪乱《かくらん》することはできるな」

仕方がない。

今回の人生では、自分のためだけに魔法を使うと決めていたのだけれど……。

「ここで死なれちゃ寝覚めが悪いもんね」

僕は小さくため息をつくと、『禁断の森』に繫《つな》がる結界へ急いだ。

第三話

姫騎士を救い出す

探知魔法で示された方角へ向かい駆け出す。

「くそっ。手足が短いせいで、走りにくいな」

昨日までは気にならなかったのに、つい前世の自分と比べてしまう。

なんとか結界を越え、茂《しげ》みを抜け出すと、そこにはオークの群れに襲われた一団の姿があった。

地面に転がっているのは、人間の男が五人。オークが八体。

どちらも完全に絶命《ぜつめい》している。

人間の男たちは、服装からしておそらく騎士だろう。

今、オークキングを含む八体のオークと対峙《たいじ》している人間はただひとり、剣《けん》と盾《たて》を手にした華奢《きゃしゃ》な少女だけだ。

ドレスの上に鎧《よろい》をつけ、ロングブーツを履いた少女は、白い肌や胸元を傷だらけにしながらもオークを睨《にら》みつけている。

ドレスの裾《すそ》は破れ、長い金髪も乱れていた。

キングオークの率《ひき》いる群れに襲われ、健闘はしたものの、数の差がありすぎて、徐々に追い詰められたというところか。

片膝《かたひざ》をついた彼女は、気力だけで向き合っているという有様だった。

彼女の肩は恐怖のあまり震えている。

それでも彼女の瞳《ひとみ》は、戦意を失っていなかった。

彼女もオークたちも、まだ僕の存在に気づいていない。

「もう逃げられないぜ、姫騎士さんよぉ。森の出口まであと少しだったってのに、残念だったな」

「くっ……」

キングオークは喋《しゃべ》るときに大量の唾《つば》を飛ばして、ぶひぶひと鼻を鳴らした。

手にした斧《おの》は、赤い血でテラテラと光っている。

鎧はおそらく盗品なのだろう。

サイズがまったく合っておらず、でっぷりとした腹の肉がはみ出していた。

それにしても――。

身にまとった鎧やドレスの感じから、高貴な身分だと一目でわかったが、まさか姫とは……。

なんで姫の一団が、この森に入り込んだんだ？

姫自身が武装をしているから、旅の途中でただ迷い込んだというわけでもなさそうだ。

「ここで自分から脱いだら、可愛《かわい》がってやってもいいんだぜえ？　なぶり殺されたくなきゃ、跪《ひざまず》いて許しを乞《こ》いな！」

「ふざけたことを！　誰《だれ》がおまえなどに屈《くっ》するものですか！」

「ふん、交渉決裂のようだな。おい、剝《む》いちまえ！」

オークたちが舌なめずりをしながら、姫騎士ににじりよる。

圧倒的に有利な状況だから、オークたちは完全に油断しきっている。

さて、どうする？

僕は頭の中で、瞬時に計画を練った。

先ほど見た異常なステータスは気になるものの、火魔法が使えるという点は信じてもいいだろう。

火魔法だったら、レベル1の僕でもオークの目くらいは焼けるはずだ。

どれほど小さな火であれ、眼球を焼かれれば致命的な傷を負う。

それでキングオークの視界を奪えば、必ずオークたちの統率は乱れる。

その隙《すき》をついて、あの姫騎士の手を取り、森の出口まで走ればいい。

結界の外に出られさえすれば、あいつらは追ってこられないのだから。

よし、この作戦でいこう。

僕はオークキングに向かって右手を突き出した。

やつは腕を組んで、高みの見物を決め込んでいるから、照準を合わせるのは容易《たやす》い。

手のひらに魔力を込め、意識を集中して、魔法を放つ。

その瞬間——。

「うっ⁉　ぎやああアアアッッ……！」

——猛烈な熱波とともに放たれた業火《ごうか》が、オークキングを焼き尽くしてしまった。

「……は？」

魔法による反動を予測できていなかった僕は、突き飛ばされたときのように後ろに数歩よろめいたあと、ぺたりと尻餅《しりもち》をついた。

だってこんな強力な魔法を放てるなんて、まったく想像していなかったのだ。

信じられない光景を目の当たりにして、ぽかんと口を開ける。

「なに、この威力……」

こんなものレベル1の六歳児が放った最弱の火魔法ではない。

これじゃあ、レベル99だった前世の僕が放つ火魔法と、そう変わらない威力だ。

ステータスに表示されていた、あの数字。

異常でもなんでもなく、事実だったのだろうか。

「それじゃあ、今の僕は前世よりもさらに……？」

思わず自分の掌《てのひら》を見下ろす。

僕だけじゃなく、ボスを失ったオークたちや、姫騎士もたった今起きたことを信じられない様子で、呆然《ぼうぜん》としている。

「ぼ……ボス……？　どこに消えちまった……？」

「なんだ今のは……？　なにが起きたんだ……」

「ま、まさか……ボス、死んだのか……？」

ぼんやりしている場合ではないな。

この機に姫騎士を連れて逃げなければ。

そう思って顔を上げたとき――。

「うわっ⁉」

突然、体が宙に浮いた。

おなかの辺りに当たる柔《やわ》らかい感触。

自分が姫騎士に抱き上げられていると気づいた僕は、さらに混乱した。

「は、え⁉　なんで⁉」

「ここは危険です！　なにが起きたかわからないけれど、今のうちに逃げましょう！」

「ま、待って。僕は――」

「大丈夫、君のことは命に代えても護りますから！」

姫騎士は細い腕で、僕を庇《かば》うように抱きかかえた。

ボスを失い動揺していたオークたちは、状況を理解するのがやや遅れたようだ。

「お、おい！　女が逃げようとしているぞ！　どうする⁉」

「どうするって……。とりあえず追え！」

「ボスを殺したのも、あの女の魔法かなにかだろう！　絶対に逃がすな！」

本当は姫騎士の腕を引いて逃げる予定だったのに。

抱っこされてしまうなんて不覚だ。

こんなはずじゃなかったんだけどな。

僕は姫騎士の肩にしがみつき、オークとの距離を測《はか》る。

強力な魔法が使えるというのなら話は早い。

「おいガキィ！　なんだてめえ、なに見てやがる⁉」

「女もろともぶっ殺してやるぞ！　ははっ、こいつの騎士たちみてェになあ！」

涙を流した姫騎士が、歯を食いしばるのがわかった。

あんなクズたちの言葉に、心を傷つけられる必要なんてないのに。

だいたいぶっ殺してやるだって？　笑わせないで欲しい。

わざわざ転生までして手に入れた新しい人生だ。

オーク如《ごと》きに終わらされてたまるものか。

僕は掌を翳《かざ》し、魔力を調整した。

さっき表示されたステータスが事実として、僕自身のレベルは1だ。

「魔法攻撃力はレベル補正もかかるから――」

独《ひと》り言《ごと》を呟《つぶや》きながら、ほどほどの威力を割り出していく。

オークのためじゃない。

またさっきのように、反動で吹っ飛ばされたくないからだ。

「さあ、観念しろ人間！」

よし、計算終わり。

「ボスの仇《かたき》だ！　くらえ――――」

オークたちが飛びかかってくるタイミングに合わせて、こちらも再び火魔法をぶっ放した。

今度は魔力能力値に合わせて、かなりの手加減をした――つもりだった。

「ひっ……ギヤアアアッッッ!」

ところが制御したにもかかわらず、ものすごい威力の魔法が僕の掌から放たれた。

噴出した炎がオークたちを焼き払っていく。

結局、オークキング同様、オークたちも瞬《またた》く間に塵《ちり》になって消滅した。

しかも危惧《きぐ》したとおり、放たれた魔法の反動で、僕を抱いている姫騎士がバランスを崩してしまった。

「あっ……!」

「わぷっ」

姫騎士と一緒に転倒した僕は、彼女の両胸にむにっと押しつぶされたのだった。

息がちゃんとできない。

第四話　全員まとめて僕がなんとかする

「く、苦し……」

柔《やわ》らかい胸にむぎゅむぎゅっと顔を挟まれてる状態だから、息がちゃんとできない。

「あ！　ご、ごめんなさい！　……痛っ」

慌《あわ》てて体を起こした姫騎士が、顔をしかめる。

オークにつけられた傷が痛んだのだろう。

「大丈夫？」

「平気よ……。ありがとう」

姫騎士は、子供の僕に心配をかけまいと思ったのか、にこっと微笑《ほほえ》んでみせた。

向かい合った結果、改めて姫騎士の姿を眺《なが》めることになった。

太ももの辺りを執拗《しつよう》に破られたドレス。

致命傷にならない程度につけられた無数の傷。

いたぶり、尊厳《そんげん》を汚すために、振るわれた暴力の痕跡《こんせき》。

他人のために魔法を使わないという信念をさっそく曲げてしまったが、今回だけは下した判断が正しかったと思えた。

さて、次は――。

負傷した姫騎士と、地面に横たわった騎士たちの亡骸《なきがら》を交互に見やる。

彼らをどうするか。

遺体を残していけば、モンスターの餌《えさ》になることなど目に見えていた。

それも数分としないうちに。

今だって、そう離れていない場所から、獣の吠《ほ》え声がしている。

おそらく血の臭《にお》いを嗅《か》ぎつけてきたのだろう。

だからといって、子供の僕と怪我をした姫騎士とで、遺体を抱えて運ぶのは難しそうだ。

そもそも、もたついている余裕なんてない。

状況とリスクを考慮すれば、見捨てるべきなのはわかりきっている。

だけど……。

ちらっと姫騎士を盗み見る。

姫騎士は目に涙を溜めて、悔しそうに遺体を見つめている。

握りしめられた小さな拳《こぶし》は、かすかに震えていた。

捨てていこうと言ったところで、簡単に聞き入れてくれるとは思えない。

仕方ない。

だったら、もうひとつの手段でいこう。

彼女の感情を慮《おもんぱか》ったのではない。

説得するより別の手段を選ぶほうが、時間がかからないと考えたのだ。

さっき倒したオークから、確率で獲得できる魔法は、風魔法と眠り魔法の二種類だ。

ただしキングクラスのモンスターを倒した場合、確率は百パーセントに、つまり確定獲得となる。

僕は手早くステータスを確認した。

＊＊＊＊＊＊＊＊＊＊＊＊＊＊＊＊＊
名前：エディ
レベル4
職業：賢者《けんじゃ》
体力：65
魔力量：80
魔法：火魔法（弱）、風魔法（弱）、眠り魔法、探知魔法
魔法能力値：197578（転生ボーナス）
＊＊＊＊＊＊＊＊＊＊＊＊＊＊＊＊＊

よし。ちゃんと風魔法と、眠り魔法を習得できている。

オークを倒したから、レベルも上がっていた。

その結果、とんでもなかった魔法能力値が、さらに増えていることには触れないでおく。

とにかくこれなら風魔法で騎士たちの遺体を運ぶことができる。

問題は姫騎士の存在だな。

魔法を使うところをこれ以上、姫騎士に見られる事態は、なんとしても避けたい。

六歳児だというのに、最強賢者だった頃以上の魔力を手にしてしまったことは、隠しておきたかった。

現世では自分のためだけに生きると決めたのだから、悪目立《わるめだ》ちはしたくない。

まあ姫騎士のことは、眠り魔法のほうで対処できるし。

そう思ったとき、僕より先に姫騎士が口を開いた。

「ねえ、君……。さっき君が放った強力な魔法は、なんだったのです――」

「待って」

質問を投げかけてきた姫騎士の唇《くちびる》に、小さな掌《てのひら》を押し当てる。

「んん……っ」

姫騎士は目をぱちくりさせながら、くぐもった声を漏らした。

悪いけど、のんびりと話している時間はないのだ。

「ここから早く移動したいから、先にこっちの要望を説明するね。返事はしなくていいから、黙って聞いていて」

手荒い方法になることは致し方ない。

今の僕に使える魔法は限られているのだから。

「まず、さっき見たものについて、一切口外しないで欲しい。僕にこの森で会ったことも、絶対、誰《だれ》にも言わないでくれ」

「……っ！　君はいったい……」

姫騎士は困惑《こんわく》した顔で、僕をじっと見つめてきた。

しまった。

今の僕は六歳の子供なんだ。

大人と変わらない口調で捲《まく》し立てたりしたら、びっくりされるに決まっている。

ちゃんと子供のふりをしないと。

「ぼ、僕っ、お父さんとお母さんに内緒でこの森に来たんだ！」

記憶を取り戻すまでの僕の振る舞いを真似《まね》て、必死に子供ぶってみる。

「こっそり魔法の練習をして、ふたりをびっくりさせたかったたんだよ。だから秘密にしておいて！」

「そ、そうなのですか……？」

まだ戸惑《とまど》われている。

もう一押しだ。

「さっきのことが知られたら僕すっごく怒られちゃう！　お願い、お姉さん！」

彼女の腕にしがみつき、上目遣《うわめづか》いで懇願《こんがん》する。

さすがにやりすぎたかな？

それにものすごく恥《は》ずかしい。

でも演技だってバレたら、二重に恥《はじ》をかくことになる。

そう思いながら目をうるうるさせていると――。

「ふふ。わかりました。利発な少年」

姫騎士が急に優しい顔になって、僕の髪をあやすように撫《な》でてきた。

女性によしよしと頭を撫でられるのは、複雑な気分だけど、とりあえずは信じてもらえたようだ。

これで話を次の段階に進められる。

「それでねお姉さん。内緒にしてくれるなら、僕、あの騎士さんたちを運ぶお手伝いをするよ！」

「彼らを？」

姫騎士はきゅっと唇を結んだあと、僕を見て頷《うなず》く。

「約束します、勇気ある少年。私はあなたのことを自らの名にかけて、誰にも話しません」

「わあ、ありがとうお姉さん！」

「私はクラリスと申します」

「僕はエディだよ。それじゃ、早速だけどお姉さん。――眠って」

「え？」

僕はクラリスと名乗った姫騎士の目の前に、右手をぐっと伸ばした。

驚いて目を見開いた彼女に向かい、眠り魔法を発動させる。

「そ、んな……。な……ぜ……」

とろんとしたクラリス姫の瞳《ひとみ》が、ゆっくり閉じていく。

その直後、強制的に眠らされた彼女の体が、僕に向かって倒れてきた。

慌ててクラリス姫を支えようとしたけれど——。

「うわぁあ……っぷ……」

忘れていた。

僕は六歳。

相手が華奢《きゃしゃ》な女性であっても支えられるわけがなくて——。

オークを倒した直後と同じように、また彼女の下敷きにされ、顔面を柔らかいぬくもりで押しつぶされてしまった。

わあああ……。

顔がぶわあああっと熱くなるのを感じる。

いや、落ち着け。

それどころじゃないだろう。

自分に言い聞かせて、必死に彼女の下から這《は》い出した。

「……ふう」

やれやれ、子供の体だと色々苦労が多い。

気絶したように眠ったクラリス姫を見下ろして、僕は息をついた。

まだ顔が熱いけど、気にしないことにした。

さて、もうひと仕事だ。

しっかり加減をして――。

その場に空気の玉を作るようなイメージで、風魔法を発動させる。

慎重《しんちょう》に威力を調整しながら、クラリス姫や騎士たちの体の下に風を潜《もぐ》り込ませ、ふわりと浮かべた。

これで移動はどうにかなる。

僕は宙に浮かせた彼らの体とともに、来た道を急いで引き返した。

クラリス姫と騎士たちは、一緒に森の外に運び、屋敷の玄関前に置いていこう。

僕はそのまま部屋に戻り、着替えてベッドに潜り込む。

そうすれば、森に出かけたことを両親に気づかれないはずだ。

第五話

僕を怒らせたね？

風魔法で運んできたクラリス姫たちの体を、玄関の脇に並べ終えたとき、切羽詰《せっぱ》まった声に名前を呼ばれた。

「エディ！　どこに行ってたの⁉」

血相《けっそう》を変えた母親が駆け寄ってくる。

まずい。

抜け出したのがバレていたようだ。

これ以上、傍《そば》に寄られると寝かせてあるクラリス姫たちの存在に気づかれてしまう。

僕は慌《あわ》てて母のもとへ向かった。

ここでクラリス姫たちを見つけられたら、無関係だとは言い張れなくなる。

なんとかして上手《うま》く誤魔化《ごまか》さないと。

「ママ、ごめんなさい！　僕、言いつけを破ってお散歩に行っちゃって……」

子供ぶった演技で必死に取り繕う。

昨日までは自然な状態で、この態度だったのだけれど。

意識してやりはじめると、あざとすぎて自分でもなんだかなあという気持ちになる。

それでも母はまったく疑っていない。

膝《ひざ》をついて僕をぎゅうっと抱きしめてから、泣きそうな声で言った。

「ああ、エディ……！　無事でよかった……！　すぐにここを離れなくちゃ……！」

「え⁉　待ってよ、ママ」

取り乱して僕を抱き上げようとする母を慌てて制する。

いったい母はなにを言っているのだろう。

「離れるってどういうこと？」

「あなたはなにも知らなくていいの！　ママが護ってあげるから。大丈夫よ、大丈夫だからね！」

母の様子が明らかにおかしい。

「護るってなにから？」

子供ぶった演技をしている場合ではない。

素の調子で問いかけると、母から返ってきたのは不自然な沈黙だった。

僕の子供らしからぬ態度に戸惑《とまど》っているのではなく、投げかけられた質問に動揺しているようだ。

母の肩に手をついて、ぐいっと体を離す。

間近で目が合った母は、血の気《け》の消えた顔で僕を見つめてきた。

子供を三人も産んでいるとは思えない、少女のような風貌《ふうぼう》をした母の美しい顔が、溢《あふ》れ出る涙で濡れている。

「泣いてるのはどうして？　僕が出歩いていたことが原因じゃないよね？」

「そ、それは……」

「ママ、話して。誰《だれ》に泣かされたの？」

トーンを落として問いかけると、母がビクッと肩を揺らした。

違うよ。

あなたに怒ってるわけじゃない。

大事な母を泣かせたなにかに対して、苛《いら》ついているだけだ。

前世の僕は、最強ゆえに孤独《こどく》だった。

力を求められ、それを振るうたび、名が知れ渡る。

当然、命を狙われる機会もどんどん増えていった。

自分の身を護り、襲ってきたやつを返り討ちにすることなど容易《たやす》い。

でも正攻法で僕を倒せないとなると、今度はパーティーのメンバーや、親しい仲間が狙われてしまった。

余計な犠牲を出さないためには、群れないのが一番だ。

僕は一切パーティーを組まなくなり、孤高の最強賢者《けんじゃ》と呼ばれるようになった。

当然、恋人や家族を作ることも諦《あきら》めた。

僕が前世で手に入れられなかったもの。

温《ぬく》もりと愛情。

それを与えてくれたのが、今生の家族たちだ。

父も母も、年の離れたふたりの兄も、過剰なぐらい末っ子の僕を溺愛《できあい》して可愛《かわい》がってくれる。

毎日かまわれまくっていた僕は、「ひとりでできるよお」と文句を言いつつ、家族のことが大好きだった。

その気持ちは、前世の記憶が戻った今も変わらない。

だから——。

大切な家族を泣かせた原因を、絶対に許しはしない。

「ママ、なにかあったんでしょ？　僕に話して」

「エディ、でも……」

オロオロして泣いている母に、もう一度、同じ質問を投げかけようとしたとき——。

突然、地面を震わせるような爆音が響き、立っていられないほど強烈な風圧を感じた。

空気を通して伝わってくるのは、体がビリビリするほどの魔力だ。

「この魔力の気配……」

独《ひと》り言《ごと》のように小さな声で呟《つぶや》く。

……ああ。

随分《ずいぶん》と久しぶりだな。

「エディ、こっちに来て！　早……く……」

眠り魔法をかけた母の体から、くたっと力が抜ける。

さすがにもう学習しているので、自分の力で支えようとはせず、風魔法を使って倒れてきた母を受け止めた。
そのままクラリス姫の隣《となり》まで運んで横たえる。
「ごめんね、ママ。意識があると追いかけてくるだろうから。少しここで眠っていて」
眠る母に言葉を残したあと、僕は屋敷の正門に向けて駆け出した。
探知魔法を使うまでもない。
やつの気配にぐんぐん近づいている。
ただ漏れの禍々《まがまが》しい魔力を、隠す気がないのだろう。
やれやれ。
今回の相手はずいぶんと下品なやつらしい。

そして辿《たど》り着いた場所には――。

「くははは、『禁断《きんだん》の森《もり》』の護り手もこの程度か？」

「く……っ！」

敵に首を摑《つか》まれた傷だらけの父と、負傷したふたりの兄ローガンとマックスの姿があった。

対峙《たいじ》するのは、漆黒《しっこく》のマントを身にまとった長髪の男だ。

ボロボロの僕の家族とは対照的に、涼《すず》しげな顔をした男には、かすり傷ひとつ見当たらない。

男の額《ひたい》には、魔族を統《す》べる刻印、魔王の証《あかし》が刻まれている。

「この期《ご》に及《およ》んでもまだ子供を出さぬつもりか？　そっちの青二才二匹もなかなかのようだが――我を倒すには及ばぬ」

ぴんと張りつめた空気の中、魔王の高笑いが響き渡る。

「くそ……。ローガン、マックス……っ。ここは私が引き受ける……！　おまえたちはその隙《すき》に逃げるんだっ……」

「いいえ、父上……！　俺たちは父上の息子であり、エディの兄です！　弟を狙う敵相手に、背を向けるなどできません……！」

「そうです！　俺たちもともに戦います……！」

「戦うだと？　ハッ、散々我に嬲《なぶ》られたぼろぼろの体でどう戦うというのだ？」

散々嬲った、ね。

体の奥がすーっと冷えていくのを感じた。

母が泣いていたのも、この男のせいだな。

僕の中に燃え上がっていた冷たい怒りが、さらに激しくなる。

「さっさと末の息子の居所を白状しろ。賢者《けんじゃ》が覚醒したことはわかっているのだ。口を割らぬのなら、そなたのうちのひとりを、『禁断の森』に飛ばしてやろうか。その体では戦えまい？」

息を詰めた父は、それでも魔王を睨《にら》みつけ続けている。

「誰《だれ》が息子を差し出したりするものか……！」

なるほど。

余計なことをべらべらとしゃべりたがる魔王のおかげで、だいたい理解できた。

今朝起きた僕の覚醒が、魔王に知られていたということか。

おそらく予見魔法を用いたのだろう。

魔王の中には、賢者や勇者の誕生を予見魔法で調べ上げ、その者たちが成長する前に、先手を打って殺してしまう輩《やから》が多い。

逆に国王たちは、そんな魔の手から未来の英雄を護るため、同じように予見魔法で将来性のある子供の誕生を調べて護ったりする。

不自然な形で禁断の森に現れたクラリス姫も、そういった目的で——つまり『覚醒した賢者《ぼく》』と接触するため、この地へやって来たのかもしれない。

まったく。

最強の力は相変わらず僕を煩《わずら》わせてくれる。

でも、今だけはこの力に感謝しないとな。

魔王が傷つけたのは、僕の大切な家族だ。

落とし前をつけるために、この力、存分に使わせてもらおう。

「ふん。居場所を吐かぬと言うのならかまわん。我に逆らったこと、死の淵で後悔するがいい。父子もろとも、まとめて死——」

「——ねえおじさん、なにしてるの？」

魔王に問いかけながら、向かい合った彼らの前に歩み出る。

父と兄が絶望の表情を浮かべるのが、視界の端に映った。

「エディ⁉　なぜここに！　だめだ、逃げなさいッ！」

「……ほう？　そのいけすかない魂の臭《にお》い。——小童《こわっぱ》、貴様が賢者だな？」

魔王が僕を見てにやりと笑う。

殺戮を好む者特有の濁《にご》った眼で。

僕は無邪気《むじゃき》な顔で、小首を傾《かし》げてみせた。

「賢者ってなあに？　僕わかんない」

「エディ！　兄上、エディを……ぐっ！」

ひどい怪我《けが》を負っていた次兄が頽《くずお》れる。

次兄だけではない。

みんなボロボロで、意識があるのが不思議なくらいだ。

兄たちを庇《かば》ったのか、もっとも重傷な父は、精神力だけでもっている状態なのだろうとわかるほどの有様だった。

随分《ずいぶん》と人の家族を痛めつけてくれたものだ。

「くはは！　待ちくたびれたぞ！　我を倒しうる唯一の脅威。賢者、貴様がこの世に生まれ出た以上、力をつける前にこの場で潰してくれる！」

力をつける前に？

残念。

一日遅かったね。

「はあ……。昔は魔王って、自分が真っ先に前線へ出てくるなんてことはしなかったのに。時代は変わったもんだね」

「なにぃ？」

「それとも魔王のくせして、忠誠を誓い、命令に従ってくれる配下もいないとか？」

「なんだと⁉」

「だって魔王自身が単騎で僕を殺しにくるなんて変だよ。賢者が覚醒したっていう重要な情報を共有できる部下がいなかったんじゃないの？」

「き、貴様ああッ！　誰にものを言っているッ⁉」

動揺しすぎだよ。

図星《ずぼし》なのがバレバレだ。

魔族の領土を収める魔王は、人間の国王たちと同じように、大半が世襲で決まる。

当然、力や能力、領土の広さ、部下の数、そして頭の出来も千差万別。

僕が今睨み合っているこの魔王は、最下位クラスだな。

「まあ、いいや。それよりおじさん、僕の質問に答えてよ。僕のパパとお兄ちゃんたちに、なにしてくれたの？」

僕が見上げると、魔王は一瞬顔をしかめた。

「そうか。貴様、魔力がすでに……」

どうやら、僕の力に気づいたらしい。

魔法を使って、こちらのステータスを覗《のぞ》いたのだろう。

ところがその直後。

明らかに動揺していた魔王は、突然、声をあげて笑いはじめた。

「……っ、はは！　すでに覚醒したかと思えば、なんだその魔力量は⁉　習得魔法もお話にならん！　たったそれしきの能力で、我の前に現れたというのか⁉」

僕の残り魔力量は60。

使える魔法は、初期魔法のみ。

火魔法（弱）・風魔法（弱）を使うのに消費するＭＰは、ともに30。

「せいぜい二発が限度ではないか！　そのような状態でなにができる？　ふはは！　生意気な口をきこうが、所詮は童。おまえが愚かなおかげで、捜す手間が省《はぶ》けたわ！」

笑いながら、魔王が両手を掲《かか》げる。

その手の中にどす黒い魔力が集まっていく。

火花を散らして膨張していく魔力のかたまりを見て、父がハッと息を呑《の》んだ。

「あれは闇魔法っ!!　エディ、ローガン、マックス、逃げるんだ!!　お前たちだけでも!!」

「だめだよ、パパ。あの威力の魔法じゃ、逃げきることはできない。だから僕に任せて」

「エディ……！」

父や兄の悲痛な叫びの中、僕は両手に魔力を込めた。

右手に火を。

左手に風を。

強い風が僕を中心に生まれて、パジャマやガウンの裾《すそ》をぱたぱたと揺らす。

せいぜい二発？

僕にはそれで十分だ。

「ふん。目障りな賢者め！　これで死ねえええええッ！」

魔王の手の中に集った膨大な魔力が爆発しそうになる、その寸前。

僕は風魔法と火魔法を融合させ、一気にぶっ放した。

「な……⁉」

魔法同士が呼応する。

僕の放った炎の噴射に風が送り込まれていく。

酸素《さんそ》を得て急激に膨張した炎の勢いは、初級の火魔法の規模を軽々と超えて燃え上がった。

「ば……馬鹿《ばか》なあああああああああっ‼　あああ…………………………」

闇魔法もろとも、魔王の体が散り散りに吹き飛ばされる。

爆発のような業火《ごうか》が収まったあと、魔王の消滅した空を見上げて、僕は肩を竦《すく》めた。

なんで魔王って消えるときに、みんな似たような反応をするんだろう。

「おじさんみたいな魔王はさ、いっぱい倒してきたんだよ。今の僕よりも少ない魔力でね」

「……エ……エディ……？」

「あ」

しまった。

振り返れば、そこにはぽかんとした父や兄の顔があった。

一応、子供のふりをしてはいたけれど、ちょっとやりすぎてしまったかもしれない。

僕は頭に手を当ててへラッと笑ってみせた。

「なんでだろ、魔王倒せちゃったみたい。てへ」

「いや、エディ！　てへではないぞ！」

やっぱり？　まあ、さすがに誤魔化《ごまか》せないよね。

第七話

うちの子、天才？

魔王を消滅させたあと。

僕たち一家は屋敷に戻り、談話室《だんわ》に集合した。

僕は相変わらずパジャマにガウンをまとったまま、まいったなあという気持ちで、足が届かない椅子《いす》にちょこんと座っている。

父と兄の治療は、目を覚ました母が魔法で行ってくれた。

クラリス姫たちのことも、正直に打ち明けて対処してもらった。

魔王の一件があったあとだ。

誤魔化《ごまか》そうとしたって、どうせすぐにばれてしまう。

クラリス姫の傷も母によって治癒《ちゆ》された。

ただ、僕がかけた眠り魔法はまだ解除されていない。

「姫に起きてもらうのは、家族会議のあとでだ」

そう言った父は、珍しく険《けわ》しい表情を浮かべている。

僕のしでかしたことを、家族以外に知られても大丈夫なのか。

その答えを先に出す必要があると思ったのだろう。

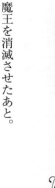

ちなみに、当然、僕も怪我《けが》がないか確認された。

母に服をまくられ、体中をくまなくぺたぺたされて、念入りなチェックが行われた。

赤ちゃんじゃないんだから、そこまでしなくてもいいのに。

そう伝えたところで、聞き入れてもらえないのはいつものことだ。

「エディ、本当にどこも怪我をしてないの？」

「さっきからそう言ってるよ。もう信じてってば」

「それならいいのだけれど……」

僕に怪我ひとつないとわかったら、家族はほっとしたあと、なんだか複雑そうな顔をした。

六歳の末っ子が、無傷で魔王を倒してしまった。

しかも弱魔法一発で。

その事実を改めて痛感したようだ。

家族を護るため、あの場では僕が魔王を倒すしかなかった。

けど、困ったな。

思い出すのは前世の記憶。

最強の力を操る僕に対して、人々の見せる反応はいつもだいたい一緒だった。

彼らの目に浮かぶのは、尊敬や羨望《せんぼう》の感情じゃない。

畏怖《いふ》と嫌悪。

人間だって動物だから、自分より強い者を恐れる気持ちを抱くのは仕方ない。

それでも相手が家族となると話は別だ。

彼らは、転生してようやく手に入れた心の拠《よ》り処《どころ》だ。

僕はそれを失いたくない。

だったら、どうするべきか。

僕は子供らしい表情を浮かべて、プラプラ足を動かし続けながら、頭を猛回転させた。

昨日まで魔法を使えなかった子供の僕が、突然、強力魔法を使えるようになった理由を作り上げなければいけない。

「さて」

定位置についた父は、ゆっくりと僕たち家族の顔を見回した。

「まずは家長《かちょう》として、皆を護れなかったことを詫《わ》びよう。私が不甲斐《ふがい》ないばかりに、すまなかった」

深く頭を下げる父を見て、全員が慌《あわ》てた。

「いいえ、あなた。あなたは私を逃がしてくださったじゃありませんか」

「父上は俺たちを護ったからこそ、あのような怪我を負われたのです」

「不甲斐ないとすれば、息子の俺たちのほうです……」

僕はとりあえず口を噤《つぐ》んでいた。

心の中では、みんなが死ななくてよかったと思いながら。

子供はこういうとき、大人の会話には参加しないものだからね。

「それで、エディ……」

父に声をかけられ、姿勢を正す。

家族全員が僕に注目していて、ちょっと居心地が悪い。

「どうして、あんな魔法が使えたんだ?」

僕はふうっと息をついてから、ぺこりと頭を下げた。

父と同じように。

でもできるだけたどたどしく。

「ごめんなさい。僕、魔法を使う夢を見て、どうしても試してみたくなっちゃって。みんなに内緒で魔法を使えるようになろうと思って、こっそり家を抜け出したんだ」

強力な魔法を使えるようになったことは隠しようがない。

ただ、最強賢者《けんじゃ》から転生したことや、前世の記憶を持っていることだけは、僕だけの秘密にしておきたかった。

「まさか、禁断《きんだん》の森《もり》に行ったんじゃ……」

「うん。そこでモンスターを倒して、魔法を習得したんだよ」

大筋は間違っていない。

前世の記憶が蘇《よみがえ》った点を話していないだけで。

「森の中であのお姫様に会って、助けるために魔法を使ったら、すごいことになっちゃったんだ。だから僕、魔王もさっきみたいにやっつけよう! って思って……」

「エディ……」

父と母が信じられないというように顔を見合わせている。

父は席を立つと、僕の前までやってきて屈《かが》み込んだ。

「魔王となにか話していただろう。あれはいったいなんだったんだ？」

「最近本で読んだ主人公があんな感じでお話ししてて、格好《かっこう》いいと思ったから真似《まね》しちゃった」

「つまりエディ。おまえは今日初めて魔法を獲得し、あんな威力の魔法を放ったというのか？」

「う、うん」

さすがに苦しいか？

魔法を使ったこともなかった息子が突然あんなことをしたら、誰《だれ》でも怖がる。

僕に前世の記憶があると知ったら、いよいよ今までの息子とは違うと思うだろう。

この人たちの家族でいられるのも、今日が最後になるのだろうか……。

演技ではなく、無意識の動きでガウンを握りしめていると、顔を見合わせた両親が、力強く頷《うなず》き合った。

「間違いないな、母さん」

「ええ、あなた」

「エディ」

父が僕に向き直り、口を開く。

なにを言われるのだろう。

緊張しながら次の言葉を待っていると、父は突然、叫び声を上げた。

「おまえは……天才だーっ！」

「……へ？」

今なんて？

「天才、いや神童《しんどう》だっ！　この世界はじまって以来の逸材《いつざい》なんじゃないか!?　ああなんということだ、うちの可愛《かわい》い末っ子がこんなにもすごいなんてっ！」

父は僕の腋《わき》に両手を入れて、ぐいっと持ち上げると、「はははは！　うちの子天才！」と叫んで、くるくる回転しはじめた。

め、目が回るううう。

「エディ、私の天使！　お願いだから心配させないでちょうだい！　ああでも誇らしいわっ！　あなたが魔王と戦ったなんて恐ろしくて胸が張り裂けそうだけれど。それはそれとしてなんて優秀なのかしら！」

父から僕を奪い取った母が、今度はぎゅむうううっと抱きしめてくる。

つ、つぶれるううう。

「兄も誇らしいぞ！　いつかエディに追い抜かれるのを楽しみにしていたが、こうもあっさり才能を開花させるとはなあ！」

「今日に限って家を抜け出していたのも、魔王襲来を無意識に察知して回避したのかもしれんぞ！ああ、なんということだ！　エディには幸運の神もついているらしい！」

「今日はお祝いだわ！　お誕生日だけじゃなく、エディが魔王を倒したお祝いよ！」

「わ、ちょっと母さん、苦し……！　ぐええ」

ぎゅうぎゅうと家族全員に抱きしめられて、僕は慌てた。

末っ子が突然覚醒し、魔法による一撃で魔王を倒したことに、恐怖するかと思ったのに。

まさか「うちの子可愛い。最高」という感情のほうを爆発させるなんて。

僕が思っていた以上に、うちの家族は僕を溺愛《できあい》してくれていたらしい。

……ほんと今回の僕は、つくづく恵まれた環境に生まれてきたんだな。

そんなふうにしみじみ実感した。

「さて、そろそろクラリス姫を起こしに行くか」

「あ、僕、トイレ行ってくるね！」

家族にもみくちゃにされたぼさぼさの髪で、僕は慌てて談話室から駆けだした。

「この隙《すき》にステータスを確認しよう」

＊＊＊＊＊＊＊＊＊＊＊＊＊＊

名前：エディ
レベル：10【制限中】
職業：賢者
体力：１００

魔力量：230
魔法：火魔法（弱）、風魔法（弱）、闇魔法（超）、眠り魔法、探知魔法、調査魔法、転移魔法（自）、転移魔法（他）
魔法能力値：204531【転生ボーナス】
＊＊＊＊＊＊＊＊＊＊＊＊＊＊＊＊

「魔王の持っていた魔法を習得できてるな。超級闇魔法なんていらないけどね」

だいたい魔力量も足りていないから、あってないようなものだ。

他には転移魔法と、調査魔法か。

調査魔法は、他人のステータスを調べる能力だ。

転移魔法は、言葉どおり。

自他両方ついてるから、誰かを転移させたり、自分が転移したりもできる。

でも転移魔法に必要な魔力量は、闇魔法と一緒で、現状の所持量を大幅にオーバーしている。

僕には当分使えそうにない。

「ん？　レベル制限がかかってるな」

魔法神殿に行って制限解除の儀を受けないと、これ以上レベルが上がらないわけだけれど、それはまあ今はいい。

あの魔王の経験値が、ほぼ無駄《むだ》になったこともどうでもいい。

僕は別に最強を目指しているわけじゃないからね。

「それより、やっぱり、この妙《みょう》な項目が気になるな」

さっきは時間がないからと流してしまった部分だ。

『転生ボーナス』

文字どおりに解釈すれば——転生した結果、僕のステータスにプラスが生じたってことだよな？

数値を見る限り、１・５倍のバフが掛かっているようだ。

転生するには、魂に紐《ひも》付けされた要素、魔力も強制的に引き継いでしまうことはわかっていた。

でも、ボーナス効果がこんなふうに発動されるとは、さすがに予測できていなかった。

最強賢者である人生から抜け出したくて転生したのに、さらに強力な力を手に入れてしまうなんて……。

前世の魔力が１・５倍になるのか。

レベルが上がれば魔力も当然増える。

「これ……。レベルが上がってきたらとんでもないことになるよね……」

もっと本腰を入れて、自分の強さを隠さないとまずいな。

僕はトイレの中で、真剣に決意を固めた。

今日一日だけで、もう二回も人前で魔力を使ってしまったことは、とりあえず脇に置いておく。

第八話　姫が僕だけに見せた……

目覚めたクラリス姫には、母と父から状況説明がなされた。

その間、僕は自分の部屋に引きこもって、着替えたり、顔を洗ったりして過ごした。

父たちが話している相手は、高貴な身の上のお姫様だ。

『禁断《きんだん》の森《もり》』で出会ったときは、状況が状況だったから、遠慮《えんりょ》なく話をさせてもらったけれど、本来、僕みたいな子供が口を聞ける相手ではない。

ところが信じられないことに、身支度《みじたく》が整った頃、僕はクラリス姫から呼び出しをうけた。

クラリス姫は僕とふたりきりで話がしたいらしい。

いったいいなんの用があるのだろう。

僕は少し警戒しながら、応接室に向かった。

クラリス姫はおそらく北方の小国メイリーの姫なのだろう。

彼女の鎧《よろい》についていた国の紋章には見覚えがある。

あれはたしか、僕が転生する前から存在していたメイリー国のものだ。

彼《か》の国は、魔王の領土と隣《となり》り合っている。

この展開、なんだか嫌な予感がするし、否応《いやおう》なく前世のことを思い出す。

前世の僕は最強賢者《けんじゃ》と知れ渡ったあと、各国からの応援要請をひっきりなしに受けて、その都度《つど》呼び出しを受けていた。

魔物を退治しろだの、魔王を討伐しろだの。

今回もそのときのパターンと似ている。

警戒するに越したことはないな。

あんな生活はもううんざりだ。

「失礼します」

ぺこりと頭を下げて応接室の中に入ると、すっかり怪我《けが》の治ったクラリス姫が僕の傍《そば》に歩み寄ってきた。

「エディ君」

「お姫様。元気になったんだね。よかった」

僕はにっこりと笑いかけた。

六歳児らしい笑顔を浮かべることにも慣れてきた気がする。

「私も君が無事だと聞いて安心しました。怪我《けが》は？　本当にありませんか？」

「うん！　お姫様が抱っこしてくれたから、僕平気だよ」

クラリス姫も僕に向かって微笑《ほほえ》みを返してきた。

改めてみると、目が大きくて、唇《くちびる》がぷっくりしていて、さすがお姫様という感じのものすごい美少女だ。

でも、笑顔に少し翳《かげ》りがある。

ここはもう危険な場所じゃないのに。

『禁断の森』の中で起こった出来事に、まだ心が引きずられているのかもしれない。

「ラドクリフ伯爵《はくしゃく》。少しの間、ご子息《しそく》とふたりきりにしていただけないでしょうか？」

クラリス姫の言葉にぎょっとして父を振り返る。

父も驚いたように目を見開いていた。

「エディとふたりですか……。……わかりました」

「え⁉　パパ、ママ、行っちゃうの？」

ちょっと待ってよ。

ふたりきりにしないで欲しい。

一国の姫だよ？　六歳の子供とふたりはまずいんじゃないか？

それにふたりだとなんだか妙なことを頼まれそうだから、傍にいて欲しいんだけど。

「エディ。姫に失礼のないようにするのだぞ」

「う、うん」

さすがに駄々《だだ》をこねて引き留めることはできない。

両親はクラリス姫に一礼し、退室した。

「え、と。僕、お姫様と話すの初めてだから緊張しちゃうな。見るのも初めてなんだよ！」

もちろん転生してからの話だ。

クラリス姫は口元に手を当てると、鈴《すず》のような笑い声を零《こぼ》した。

この調子で子供らしく振る舞っていれば、厄介《やっかい》な展開もきっと回避できる。

こういうとき普通の子供なら、どんな態度を取るかな。

好奇心を示して色々質問するのはどうだろう。

とりあえず、その手でいってみよう。

「ねえ、お姫様はどこの国のお姫様なの？」

「私はメイリー国の第三王女です。この地には、魔王を倒す救世主が覚醒したという予言を得て、その者を保護するためにやってきたのです」

やっぱりそうか。

「じゃあ、勇者さまを捜しているんだね！　頑張《がんば》って！　僕、応援してるよ！」

「エディ君。君は不思議な少年ですね」

「え？　どういうこと？」

奇妙な切り返し方をされ、少し戸惑《とまど》った。

クラリス姫は真っ直ぐな目で、観察するように僕を眺《なが》めている。

子供に向ける眼差《まなざ》しにしては、えらく真剣だ。

「君はとても聡明《そうめい》な目をしています。ラドクリフ辺境伯《へんきょうはく》は、あなたが偶然のような形で魔王を倒したのだとおっしゃっていました。でも、そうではありませんよね？」

「どういう意味？　僕わからないよ」

一応しらばっくれてみたものの、腹を括《くく》るべきだと思いはじめている。

もしクラリス姫がただ迷い込んだだけではないのなら、魔王と同じように賢者の覚醒を知ったうえで、この地に来ていたのなら。

その場合は、魔王が倒されたことをクラリス姫には話してもかまわないと、父には伝えておいた。だってどう考えても、隠しようがないからだ。

オークのことは上手《うま》いこと誤魔化《ごまか》せたけれど、僕は魔王まで倒してしまった。言い逃れをしようが、じゃあいったい誰《だれ》が魔王を倒したのだという話になる。追及《ついきゅう》されれば必ずぼろが出る。

両親か兄に賢者の役を変わってもらうという案も考えてはみたが、現実的ではなかった。力を振るって見せろと言われれば、そんなものはすぐにバレてしまう。

父たちの立場を危うくはしたくない。

強引に暴かれるぐらいなら、クラリス姫の段階で話を止めておけないか交渉したほうがよさそうだ。

「あの森で、君は私たちを護るために駆けつけてくれましたね」

僕は黙り込んで少し考えたあと、ゆっくりと口を開いた。

「パパに同じ質問をしなかったの？」

「ええ。このことに関しては、君の口から直接、真実を聞かせて欲しかったのです」

「……そう」

「オークキングを一瞬で消滅させた魔法は、かなり強力なものでした。あんな魔法を見たのは初めてです。エディ君、あなたが予言された賢者であり、救世主なのでしょう?」

クラリス姫は、もう確信している。

その場しのぎの嘘《うそ》で誤魔化すことは諦《あきら》めよう。

「救世主になるつもりはないけどね」

クラリス姫は黙り込んだあと、僕の両手を取って、ぎゅっと握ってきた。

突然の行動にびっくりして、クラリス姫を見上げる。

「あなたはすでに私を救ってくださいました。……こんな不甲斐ない、私を……」

クラリス姫はそう言って、少し俯《うつむ》いた。

彼女の澄んだ目が、悲しげに揺れている。

「お姫様? どうしたの? 大丈夫?」

「……私は救世主を保護するよう兄から言いつけられたんです。それなのに魔王の手によって強制的にあの森へ転移させられ、大事な騎士たちを失ってしまいました。私が主《あるじ》として彼らを護らねばならなかったのに……。そのうえ救世主であるあなたに、危機を知らせることすらできませんでした」

唇をぎゅっと結んだクラリス姫の目に、涙が浮かぶ。

クラリス姫の手は、六歳の僕よりはずっと大きいが、それでも華奢《きゃしゃ》だった。

その手が小さく震えている。

クラリス姫は泣くまいと、必死に耐えていた。

瞬《まばた》きを我慢《がまん》した大きな目には、今にも溢《あふ》れそうな涙が溜まっている。

騎士であるのはたしかだとしても、彼女はそれほど経験を積んでいないのかもしれない。

年齢だって、まだ十五歳くらいだ。

一人前の大人と呼ぶには若すぎる。

涙を堪《こら》えている顔は、オークの前で気丈《きじょう》に振る舞っていたときよりずっとあどけなく見えた。

「お姫様、あの騎士たちと仲がよかったの？」

そう問うと、クラリス姫はこくりと頷《うなず》いた。

「彼らは、私が子供時代から傍で護ってくれていた老兵でした。私は彼らが大好きで……」

クラリス姫は最後まで言葉を紡《つむ》ぎ切れず、唇を震わせた。

クラリス姫にとって老兵たちは、家族同然の存在だったのかもしれない。

前世と違って、今回の僕は家族に恵まれた。

あの人たちのことを本気で護りたいと思っている。

もし僕が、そんな家族を失ったなら……。

大事な人を失う辛《つら》さを、僕はまだ経験したことがない。

でも想像しただけで胸の奥のほうが痛んで、とても苦しかった。

クラリス姫を慰《なぐさ》めてあげたい。

だけど、どうやって？

僕にできることはなんだろう。

前世では、あんまり人と関わってこなかったから、傷ついている人の励まし方がわからない。

特別なことはできそうにないので、今思ってることを素直に伝えてみることにした。

「泣かないで。こうしてお姫様が元気でいることを、きっとあの人たちも喜んでるから」

「……っ」

「騎士さんたちは、うちのメイドが体を拭《ふ》いて綺麗《きれい》にしたってパパが言ってた。うちの馬車で、お姫様の国に連れて帰ってあげてよ」

「はい……。お心遣い感謝します……」

「きっと喜ぶよ。お姫様にはまだ騎士さんたちにしてあげられることがあるんだから、ね？」

「エディ君……。っく……ひっく……！」

耐えかねたように、クラリス姫の目から大粒の涙が溢れはじめた。

「う……ううう……っ。エディ君……！」

「わあ⁉」

クラリス姫は、思わずといった様子で僕に抱きついてきた。

「うえええええんっ」

「……っ」

抱き込まれたせいで、胸が顔に押しつけられて苦しい。

でも、暴れて離してもらうような空気でもなかった。

「ご、ごめんなさい……。だけど少しだけ……。君の前でだけ、許して……っ」

「クラリス姫……」

仕方ない。

諦めて、クラリス姫の背中に腕を回し、あやすように軽く背中を叩いた。

クラリス姫は涙が止まるまでずっと、僕のことを抱きしめたまま離そうとはしなかった。

第九話

世界が僕を狙っている、かも？

クラリス姫とふたりきりの応接室の中。

どれくらい時間が経《た》っただろう。

僕はまだ抱きしめられたままでいる。

徐々に彼女の泣き声が収まってきたので、タイミングを見計《みはか》らって、声をかけてみた。

「落ち着いた？　お姫様」

「あ、は、はい……！　お恥《は》ずかしいところをお見せしました……」

慌《あわ》てた感じで僕を解放すると、クラリス姫は頰《ほお》についた涙を指先で拭《ぬぐ》いながら、スンッと息を吸った。

まだ鼻の頭が赤いけれど、涙は止まったようなのでよかった。

「泣いてたことは誰《だれ》にも言わないから、安心して」

「ふふっ。ありがとうございます」

少し茶目《ちゃめ》っ気《け》のある笑い方をして、クラリス姫が目を細める。

完全に立ち直る日は遠くても、笑えるようになってよかった。

「あなたは幼くしてすでに立派な紳士なのですね。それにあなたは予言に示された救世主。私もあなたに敬意を表します。エディ君。――いいえ、エディ様」

突然、敬称《けいしょう》をつけた呼び方をされて驚いた。

クラリス姫の顔から、さっきまでのあどけなさが消えて、凛《りん》とした雰囲気《ふんいき》が強くなる。

単なる六歳児に向ける表情じゃない。

対等、いやむしろ、尊敬する相手に対する羨望《せんぼう》が含まれているような眼差《まなざ》しだ。

「選ばれし者であるあなたと、こうして出会えて本当によかったです」

あれ、これまずいやつでは……。

僕が警戒心を強めたそのとき、両親が様子を見に戻ってきた。

よかった、ついている。

子供ぶって両親の後ろに隠れてしまおう。

そう思って、駆け出そうとしたのだけれど――。

「エディ様」

「わっ」

クラリス姫は僕の右手をきゅっと握って、逃がしてはくれなかった。

「エディ様。大事な質問があります」

うっ。大事な話なんてのは、あまり聞きたくないな。

表情に本音が透けていたのか、クラリス姫はふふっと苦笑した。

「あなたを困らせようとは思っていません。あなたは救世主としての名誉や、地位を望んではいらっしゃらない。そうですよね？」

僕はその問いかけに頷《うなず》いた。

「うん。僕、今までどおりに暮らしたいな！　来月からは、学校もはじまるし」

僕の答えを聞いたクラリス姫は、決意を固めるかのように一度瞳《ひとみ》を閉じた。

「あなたの気持ちはわかりました。ただ、エディ様、注意してください。この地に救世主がいることに気づいたのは、我が国だけとは限りません」

まあ、そうだよね。

「今後、他の国があなたの力を頼ってやってくることは、想像に難《かた》くありません。エディ様のお力は、一国の運命どころか、世界の行く末さえ左右するほどのものですから」

「そんな……。エディはまだ六歳なのに……」

両親が慌《あわ》てて僕の傍《そば》に駆け寄ってくる。

「優れた予言者がいようとも、救世主がエディ様であることまではわからないでしょう。ですが、いらっしゃる場所に目星《めぼし》をつけることはできます。我が国のように。エディ様が注目されることを望まないのであれば、我が国は全力でエディ様を保護いたします」

クラリス姫、父、母、の視線を一身に浴びた僕は——。

「ありがとう、お姫様。でも僕、大丈夫だよ」

国家の庇護《ひご》なんて受けるつもりはない。

ステータスが低いとはいえ、たいていの敵には負ける気がしなかった。

国を相手に借りを作るような状況なんてごめんだ。

今度の人生は自由に、そして平穏《へいおん》に生きる。

これは僕がなによりも、自分の命よりも優先したいことなのだから。

「だって、お姫様の国に行ったら学校に行けなくなっちゃうでしょ？　それに、いきなり僕が賢者《けんじゃ》として登場したら、お城の人たちもびっくりするよ。『どうしてこんな子供が⁉』ってね」

「ええ。そうですよね。あなた様の仰《おっしゃ》るとおりです」

あっさり僕の言い分を受け入れてくれたクラリス姫を、意外に思った。

彼女は僕を保護するためにここまで来たはずだ。

その結果、自分の騎士まで失ったというのに。

「僕、行かなくていいの？」

「大恩《だいおん》のあるエディ様が嫌がることを、どうしてできましょう」

「でも、そのためにお姫様はここに来たんじゃないの？」

「父上のことは私が説得します。ただ、エディ様。それではあなたの身の安全が心配です」

僕はにこっと笑った。

「大丈夫！　だって僕は学校に行くんだからね。場所しかわからないんなら、同じ年頃の子供が大勢いる場所に隠れちゃえばいいんだ。そしたら見つかりづらいでしょ」

木の葉を隠すなら森の中という、ありふれた作戦だ。

家族はそれぞれ顔を見合わせている。

本当にそれで大丈夫かという表情だ。

けど、みんなはどこかで気楽にも考えている。

息子が「内緒にしていて欲しい」と言うから賛同しているのであって、僕が壮大な力を持っている事実は、家族にとってはなにがなんでも隠したい秘密じゃない。

まあ、それくらいの軽い感覚でいてくれたほうがいいんだ。

僕はうちの家族のおおらかなところが好きだからね。

第十話

魔法適性診断Sクラス級

魔王を倒してから十日が経《た》った。

僕は母に付き添われて、王立学院の入学前検診に来ている。

今日は、学校生活で必要な教科書や体操着を購入したり、身体測定を受けたりする。

そしてもっとも重要なイベント、魔法適性診断が行われるのだ。

「エディの適性診断はどうなるかしら。ママ心配だわ。エディが天才だということが気づかれちゃって、攫《さら》われたりしたらどうしましょう！」

「はは……」

僕は乾《かわ》いた笑いとともに、頰《ほお》を引きつらせた。

平和な学園生活を送るためにも、能力がばれることだけは、なんとしても避けたい。

魔法適性診断では、専用の魔道具を使って、魔法適性度が測定される。

その子の持つ魔法適性値と、習得可能な魔法が印字されるのだ。

そうやって個々の才能を測《はか》り、結果として出た数値によって、クラス分けがなされる。

王立学院のクラスは能力の高い順に、A、B、C、D、E、Fクラスとなっている。

Aクラスなどは、いずれ国を担《にな》っていくような者ばかりが集まるため、在席しているだけで注目の的となる。

静かに暮らしたい僕としては、Ａクラスだけは避けたい。

だけど、最強賢者《けんじゃ》の能力を引き継いでしまっている僕は、普通に診断されると、とんでもない数値を叩き出してしまうわけで……。

まあ、もちろん、対策はちゃんと練ってきているけどね。

僕は母に気づかれないよう、ポケットに入っている紙をそっと確かめた。

これがあれば問題ない。

「それじゃあエディ、いってらっしゃい。ママは入学手続きの説明会に行ってくるからね」

「うん。僕も頑張《がんば》ってくるよ」

母に笑顔で手を振って別れる。

「ママどこ？　ひっく、ママ……」

「わーっ！　これなんの道具？　面白ーい！　俺に貸してよー！」

「きゃーっ！　もう、男の子って本当に乱暴なんだから！」

周囲のお子様たちがわいわい楽しそうにしている中、僕は粛々《しゅくしゅく》と身体測定、簡単な学力試験をこなしていった。

身長が平均よりも低いのは気になったけど……、成長期はこれからだ。

悲観することはない。うん。

そうこうしているうちに、いよいよ重大な場面がやってきた。

「はーい。魔力適性診断を受ける子たちはこっちに並んでね」

教師に誘導され、僕も列の最後尾に着いた。

魔力適性診断ではドーム型の魔法道具の中に、手を突っ込んで数値を測る。

魔道具に手を入れたまま数秒待つと、カリカリと音を立てながら、機械が結果の書かれた用紙を吐き出す仕組みだ。

僕はひょこっと顔を出して、目の前の子の数値を覗《のぞ》き見た。

＊＊＊＊＊＊＊＊＊＊＊＊＊＊＊
【新一年生　083番　G．ノートン】

魔法適性値：Cマイナス
習得可能魔法：土魔法（弱）、土魔法（中）、治癒魔法（弱）、痺れ魔法（弱）、痺れ魔法（中）、硬化魔法（弱）
＊＊＊＊＊＊＊＊＊＊＊＊＊＊＊

よかった。

結果が印字される用紙は、昔とまったく変わっていないみたいだ。

これなら考えていた方法で、うまく乗り切ることができる。

続いて僕の番がやってきた。

「E．ラドクリフ君。お願いします」

「はーい」

白衣を着た女の先生に指示されたとおり、魔法道具に手を突っ込む。

ひんやりするような、温かいような感覚が掌《てのひら》に伝わってくる。

それから数秒後――。

魔法道具はとんでもない長さの紙をはき出しはじめた。

「えっ⁉　どうなっちゃったの⁉　紙が止まらないっ⁉」

その様子に驚いて、教師が魔法道具に飛びつく。

＊＊＊＊＊＊＊＊＊＊＊＊＊＊＊

【新一年生　０８４番　E．ラドクリフ】

魔法適性値：ＳＳＳ
習得可能魔法：火魔法（弱）、火魔法（中）、火魔法（強）、火魔法（超）、水魔法（弱）、水魔法（中）、水魔法（強）、水魔法（超）、――――……………………

＊＊＊＊＊＊＊＊＊＊＊＊＊＊＊＊＊＊

「こ、これはいったい……⁉」

「ロイス先生、どうされました⁉」

異常を察知した他の教師たちが集まってくる。

わあ、予想どおりやっぱり大騒ぎになったな。

＊＊＊＊＊＊＊＊＊＊＊＊＊＊＊＊＊＊

風魔法（弱）、風魔法（中）、風魔法（強）、風魔法（超）、土魔法（弱）、土魔法（中）、土魔法（強）、土魔法（超）――……………………

＊＊＊＊＊＊＊＊＊＊＊＊＊＊＊＊＊＊

「習得可能数が多すぎて、エディ君の診断結果が止まらないんです！　まさかこんな……こんなことが⁉」

「落ち着いてください！　いや、しかしこれは……。登録されているすべての魔法が出力されているんじゃないか⁉」

「魔法適正値ＳＳＳだって⁉　これは、学院はじまって以来の秀才……いや、天才だ！　この子はＡクラス……いや、特別にＳクラスを作って、個別授業をしてもいいくらいだぞ！」

教師たちの視線が、一斉に僕へと集まる。

他の子供たちも、興味津々《きょうみしんしん》という感じでわらわらと駆け寄ってきた。

「あの子どうしたの？　すっごい魔法が使えるのかな？」

「僕よりもあんなにたくさん……！」

そろそろかな。

僕はすうっと息を吸って、無邪気《むじゃき》な声をあげた。

「わあ！　この魔法道具、壊れてるんだねー！」

「こ、故障？　でも、今までそんなことは一度も……」

「いや、それしか考えられんでしょう！　こんな数値を叩き出すなんて前代未聞ですよ‼」

教師たちがてんやわんやしている隙《すき》を突いて、僕は他の魔法道具に手をかざす、ふりをした。

そしてすかさずポケットから、仕込んでいた紙を取り出す。

「ほら！　先生たち、見て！　こっちの機械でやったら、こんな結果になったよ？」

＊＊＊＊＊＊＊＊＊＊＊＊＊＊＊＊＊＊

【新一年生　０３２番　Ｍ．ラドクリフ】

魔法適性値：Ｆ
習得可能魔法：鈍足魔法

＊＊＊＊＊＊＊＊＊＊＊＊＊＊＊＊＊＊＊＊

教師たちは顔を突き合わせるようにして、僕の紙を覗き込んできた。

「うわっ、これは……」

「別の意味ですごいな……。こんな最低な数値は、ラドクリフ家の次男以来では⁉」

そう。

これは正真正銘《しょうしんしょうめい》、ラドクリフ家の次男、つまり僕にとって二番目の兄マックスの診断結果である。

剣の才能に特化していて、魔法は得意ではないマックス。

マックスも六歳のとき、同じように診断を受けて、Ｆクラスに配属された。

今、僕が持っているのは、当時の兄が持ち帰ってきた用紙だ。

混乱している教師たちが気づく前に、マックスの用紙をさっと引っ込める。

名前や番号の違いがバレないよう、敢《あ》えて騒ぎが大きくなるまで待ってから差し替えたのだ。

「いやあ、やはり故障だったんだな」

「大変だわ。この列の子たちを他の列に移動させないと！」

そんなやりとりを交わしながら、教師たちは忙《せわ》しなく散っていった。

「エディ君、ごめんなさいね。もう行っていいわよ。その用紙はおうちに持って帰ってもいいからね」

優しそうな女の先生が、僕の数値を記録しおえると、すまなさそうに言った。

「うん！　じゃあ持って帰ろうっと。先生、さようなら」
僕はほっと胸を撫《な》で下ろし、再び用紙をポケットに仕舞い込んだ。
助かったよ、マックス兄さん。
心の中で次兄に感謝する。
うちのママがなんでも記念にとっておく人で助かった。
これで計画どおり、魔法適性診断は無事にクリアできた。
よかったよかった。

第十一話

王様と話をつけてくる

入学説明会から数日。

なんとか適性診断を潜《くぐ》り抜けた僕は、学校がはじまるのを楽しみに、毎日をのんびりと過ごしていた。

魔王だ賢者《けんじゃ》だのとバタついた日も、もはや遠い昔のようだ。

ところが平穏《へいおん》な日々はそう長くは続かなかった。

発端《ほったん》は、「街に来た不審な連中が、賢者を探している」という噂《うわさ》が流れてきたことだ。

その噂を僕の家に運んできたのは、近隣《きんりん》の街の町長だった。

「ローブで身分を隠しているものの、どうやら帯刀《たいとう》しているようなのです。垣間《かいま》見えた剣に、メイリー国の紋章がついていたという話もあるんです」

「メイリー国の……。そうか――」

村長の言葉に、父が難しい顔をする。

「その者たちが街の人間に聞き込みをしているのです。『この辺りで大きな災害、または強大な魔力を使った人間を見なかったか』と」

町長はそう言って、領主である父の判断を仰《あお》いだ。

父は無言のまま頷《うなず》いたが、なにを考えているかだいたい想像がつく。

僕も同じことを思っているからだ。

クラリス姫は約束を破るような人ではない。

おそらくは事後調査によって、魔王を討伐したことがメイリーの国王に知られてしまったのだろう。

まあ、遅かれ早かれ、バレるだろうと予想していたから驚きはしなかった。

街で聞き込みをしているのは、国王の遣いかな。

扉に耳をくっつけ聞き耳を立てたまま、考え込む。

「坊ちゃん？　どうされました？」

声をかけられ慌《あわ》てて振り返ると、お茶を運んできたメイドが、僕を見て不思議そうに首を傾《かし》げていた。

「わわっ！　な、なんでもないよ！」

いけない。

父に立ち聞きしていたのがバレるのは、ばつが悪い。

僕は慌てて応接室の前から逃げ出した。

階段を上りながら軽くため息をつく。

やれやれ。

やっぱりこうなったか。

現時点で向こうは、メイリー国の人間だと隠したうえで、調査を行っている。

ただ、いずれはこの国の国王に正式に事情を話し、堂々と捜索しはじめるかもしれない。

賢者の覚醒《かくせい》について明かさなくたって、人捜しの理由ならいくらでもでっちあげられるだろうし。

そうなったらとんでもなく大事になってしまう。

まいったな。

父には辺境伯《へんきょうはく》という立場がある。

このまま放っておくと、僕のせいで微妙な状況に追い込まれる可能性が高い。

父に迷惑をかけるような事態は避けたい。

仕方ない。

一度、しっかり話をつけてくるか。

「やれやれ」

両親に心配はかけたくないし、ひとりでさっと行って、問題を片づけてこよう。

どうやってメルリー国まで向かうかは――、こんなときのために考えておいた方法で対処すればいい。

自分の体を移動させる転移魔法（自）は魔王を倒したときに習得している。

ただ魔法量が足りていないから、現段階では発動させることができない。

となると誰《だれ》かに飛ばしてもらうしかないのだ。

うちの家族の中で、他者を別の場所へ飛ばせる転移魔法（他）を取得しているのは、父と長兄のふたりだけ。

父さんが町長と話してるうちに、兄さんに飛ばしてもらうつもりだ。

階段を上り終えた僕は、長兄ローガンの部屋へと急いだ。

◇◇◇

「学校に忘れ物？」

机に向かって書き物をしていた兄が、手を止めて僕を振り返る。

傍《そば》まで寄っていった僕は目一杯困った顔をして、背の高い兄を見上げた。

「そうなんだ、お兄ちゃん。死んだおじいちゃんがくれた宝物のコイン。このあいだ学校の診断に行ったとき、お守りで持って行ったら、落っことしちゃったみたい」

「まったくエディ。学校に大事なものを持って行ってはいけないんだぞ」

「うん、ごめんなさい」

叱《しか》るような態度を見せていても兄の声音は柔《やわ》らかい。

この長男も、両親たちと同様、年の離れた弟である僕に弱いのだ。

「仕方ない、私と馬車で取りに行こう」

「それは、だめ。パパとママにコインのことを知られたら、きっと叱られちゃうもん。だから僕だけをこっそり学校に転移させて欲しいんだ」

「転移っておまえ、それは……」

「お兄ちゃんの転移魔法ならすぐに行けるでしょ？　そしたら帰りは、マックスお兄ちゃんと一緒の馬車で帰ってくるから！」

次男のマックスは学院の高等部に、毎日馬車で通っている。

長兄ローガンが所持している『転移魔法（他）』は、他人のみを飛ばせるものだ。

ローガンが自分を転移させるための魔法、『転移魔法（自）』を取得していないのは、運がよかった。

おかげでローガンは、僕についてくると言えない。

「それでもひとりで行かせるのは心配だな。先日あんなことがあったばかりだしな」

「もう、お兄ちゃん。僕はあと少しで王立学院の一年生だよ。忘れ物ぐらいひとりで取りに行けるよ」

僕が頬《ほお》を膨《ふく》らませると、兄は仕方なさそうに苦笑した。

「そうか。おまえももう、ひとりでなんでもやってみたい年頃なのだな。危険があることならいざ知れず、多少の経験は積ませてやるのも兄の務めか。――では、転移魔法を用意しよう」

「お兄ちゃん、ありがとう！　早く早く！」

「ははは、しょうがないやつだ。わかったから、そう急《せ》かすな」

転移魔法は、足元に魔法陣を描いて発動させる。

兄は机の引き出しからチョークと、大きな羊皮紙《ようひし》、地図を取り出して床《ゆか》に広げた。

「エディは少し離れていてくれ。魔法陣には触れないように。術式が書き換わったら大変だからな」

「はーい」

兄は地図を見て学院の経度と緯度を確かめ、魔法陣に組み込んでいった。

少し離れた場所からそれを眺める。

兄が魔法陣を描くところを見るのは記憶が戻ってから初めてのことだけど、かなりの速度だ。

これだけの複雑な魔法陣を、正確に、迷いなく描きあげていく者はなかなかいない。

「よし、完成したぞ」

そこですかさず、僕は大きな声をあげた。

「わーっ！　お兄ちゃん、カーテンの陰にネズミが！」

「む⁉　なんだって？　エディ、ちょっと待っていてくれ！」

「お兄ちゃん、机の下に潜《もぐ》った！」

「わ、わかった！　ここか⁉」

兄が屈《かが》みこんで机の下を覗《のぞ》き込んでいる隙《すき》に、僕はチョークを手に取ってささっと魔法陣を修正した。

直したのは経度と緯度。

――つまり、目的地をいじったわけだ。

ついでに少し気になるところも直させてもらおう。

兄の魔法陣には無駄《むだ》がないが、これじゃあ六歳の体には負担が大きい。

手早く書き換え、チョークを元の場所に戻したころ、兄が顔を上げた。

「お兄ちゃん。どう？」

「すまない。逃げられてしまったようだ。あとでメイドに伝えておくよ」

「うん。驚かせてごめんね」

「いいや。待たせて悪かったな。それじゃあ魔法陣の中に立ってくれ」

「うん！」

魔法陣の中に入ると、早速転移魔法が発動した。

僕は目を瞑《つむ》り、転移魔法の起こす風を感じながら体の力を抜いた。

ふわりと臓腑《ぞうふ》が浮く感覚。

体の内側がくすぐったいような気がする。


一瞬後、目を開けると、もう違う場所に立っていた。

周囲を取り巻いていた風が、少し遅れて消失する。

僕がやってきたのは、メイリー国王の城内にある執務室だ。

「何者だ、貴様」

椅子《いす》に座っている髭《ひげ》の男が、僕を見て、訝《いぶか》しげに眉《まゆ》をあげた。

突然、子供が現れても動じず誰何《すいか》するとは。

その堂々とした立ち振る舞いから、一瞬で彼が愚王《ぐおう》でないことを理解した。

前世で数えきれないほどの王と付き合ってきたから、どうしようもない馬鹿《ばか》王か、立派な賢王《けんおう》か、一瞬で見極めることぐらい容易《たやす》い。

今、この執務室内にいるのは国王と僕だけ。

扉の向こうに護衛の気配はしているけれど、側近《そっきん》をやたらと侍《はべ》らせていない辺りも好感が持てる。

第一印象どおり、ちゃんと話が通じる相手だと助かるな。

そんなことを思いながら、王に声をかける。

「あなたが僕を捜してたんだよね？」

「なんだと？」

僕は余裕の笑みを浮かべ、その人物に向かって手を差し出した。

「僕と話がしたかったんでしょう？　だから会いに来てあげたよ、王様。さあ、話をつけようか」

第十二話

王様とサシで交渉する

「――なるほど。興味深い」

肘《ひじ》掛け椅子《いす》に悠然《ゆうぜん》と腰かけた王は、体勢を変えずに僕をじっと見つめてきた。

「陛下《へいか》？　どうかなさいましたか？」

扉の外から、衛兵らしき者が問いかけてくる。

戦闘になる可能性を考えて警戒する僕の目の前で、王が首を横に振った。

「かまうな。問題ない」

「は……！」

転移で侵入者が現れたというのに問題ない？

ふうん。少し変わった王様だな。

「転移魔法に対する結界も張ってなかったみたいだし、不用心じゃない？　王様」

「殺気《さっき》の有無《うむ》を見誤るほど耄碌《もうろく》してはおらん」

随分《ずいぶん》と余裕がある様子だ。

でも慢心《まんしん》しているわけでもなさそうだった。

隙《すき》のない気配から、探知魔法を使わずとも、相当の実力者だということがわかる。

「それよりも、そなたが私の捜していた人間とな？　どういうことか説明してもらおうか」

「マディソン王国での賢者《けんじゃ》捜し、関与していないとは言わせないよ」

「ほう。そなたのような小童《こわっぱ》が救世の賢者だと？」

王は面白そうに笑ったあと、僕に手を翳《かざ》した。

ステータスを見ているのだろう。王の眉《まゆ》が少し動く。

「この魔法能力値は……。ふはは、面白い！」

「これでわかってくれた？」

「どうだかな。これだけではまだ、異様に魔法能力値の優れた子供というだけだぞ」

「すぐに僕の話を鵜《う》呑《の》みにするような王でなくてよかったよ」

といっても、僕の持つ魔法能力値は明らかに異常だ。

そんな子供が世界に複数人いるとは考えられない。

この数値を得ている時点で、僕が特別な人間であることは明白だったし、王ももちろんそれを承知していた。

そうとわかったのは、王が鋭《するど》い眼差《まなざ》しの中に、好奇心を滲《にじ》ませはじめたからだ。

「ところでクラリス姫は元気？」

「部屋で謹慎《きんしん》中だ。今ごろ反省しているだろう」

そう言って、王が意味深に目を細める。

僕の存在を隠したせいで、謹慎させられているわけか。

クラリス姫には悪いことをしてしまった。

僕は内心でクラリス姫のことを気にしながら、それを悟られないようにさりげなく話題を変えた。

「あまり雑談をしている暇《ひま》はないんだ。門限があるからさ」

「門限だと？　まったくどこまで本気で言っているのか。喰えぬ童よ」

全部本当なんだけどね。

「単刀直入に言うよ。僕を放っておいてくれない？」

僕の言葉に王がにやりと笑う。

「どうやらそなたは、表に出ることを好まないようだな。クラリスが口を閉ざしていたのも、そなたの意思を汲《く》んだわけだな？」

「王様みたいな人に見つかると、あれこれ仕事を押しつけられて迷惑なんだよ」

「どれほど金を積まれても、栄誉を与えられてもか？　そなたの力があれば、世界を救うことすら容易《たやす》いというのに」

「国のためにも世界のためにも動くつもりはないよ」

もうそういうのは飽き飽きなんだ。

お金や栄誉より、僕が望んでいるのは気ままな生活だし。

「ふん。まあいい。善意にすがろうなどとは最初から思ってはおらん。――だが、小さき賢者よ。どういたす？　世間はそなたを放ってはおくまい」

「よく言うよ。真っ先に引っ掻《か》き回そうとしたのは王様でしょ」

「誤解してくれるな。我が国はそなたを保護したいのだ。万が一にもその抜きん出た賢者の力を失うことは避けたいからな。いずれそなたの強大な力を必要とするときのためにも」

「いずれってなに？　どっかの国に戦争でも仕掛けるつもりなの？」

僕はやれやれと額《ひたい》を押さえた。

すると王は、不敵な笑みを浮かべて身を乗り出してきた。

「私の目指すところは世界平和だ」

「世界平和……」

喰えない顔をした王の口から出てくるとギャップがすごいな。

「魔族は強い。彼らが本気で戦争を仕掛けてくれば、人間側はひとたまりもないだろう。救世の賢者はその抑止《よくし》力となる」

「自国のためじゃなく、世界のために僕が必要ってこと？」

「そなたの力、これほど正しく使おうとする王など、私の他にはおらんと思うぞ？」

それ自分で言う？

しかも悪戯《いたずら》っ子みたいな顔で笑ってるし。

この王様の人柄は嫌いじゃないかもしれない。

でもそれと僕の望みとはまた別問題。

「僕は世界平和とか、まったく興味ないよ」

「ふむ、あくまで賛同せぬと申すか」

「ちょっと王様。子供相手に凄むのはやめてよ。正直、僕だって、存在がバレている以上、断り続けるのが面倒なのもわかってるんだ」

今はこうやって穏便《おんびん》に話をしているけれど、この王だって本気で困れば、強引な手段に出るだろう。

「我が国に存在を気づかれたのが運の尽きだったな」

「まったくだよ」

ただ、避けられない事態だった気もする。

前世の知識で知っているが、メイリー国の預言者は、代々、優秀な巫女《みこ》の家系が引き継いでいる。

巫女には、優れた予見魔法の遣い手が多いので、僕を見つけ出せてしまったのだろう。

メイリー国自体が、魔術関係に特化した国だし、この小国が何百年も侵略されずにいるのは、他国が魔術による報復を恐れて、迂闊《うかつ》に手出しできないからだ。

領土は小さくとも、メイリー国の秘めた力は侮《あなど》れない。

まあ、それだけの力を持っていながら、他国を侵略し、領土を広げようとしないのは好感が持てる。

そういう意味では先ほどの世界平和というのも、あながち冗談じゃないのかも。

「クラリス姫が言ってたよね。他の国が僕に気づく可能性もあるって」

「預言者を抱えている国は他にもある。なんの接触もしてこないのであれば、救世主の覚醒に気づいている可能性は低いだろう。しかしそれは現時点での話だ」

「だろうね。――決めた。それなら条件を出すよ」

僕は人差し指を立てた。

「まず賢者として手伝うのは、学校が休みの日か放課後。宿題に影響が出ない範囲でだけだよ。学校に行くのを邪魔《じゃま》するのはやめてね。まだレベルは10だし、体力も、魔力量も少ないから、どっちみち学ばないと役に立たないよ」

「ふむ」

「それから、他国が僕に接触しようとしてきたときは手を貸してもらうよ」

「それは願ってもないことだ。賢者を独占できるとあれば」

「そしてなにより、ここが大事。僕の平穏《へいおん》な生活を邪魔しないこと！」

かなり重要な項目だ。

「僕は目立たず、注目されず、普通で平凡に暮らしたいんだ」

「それだけの力を持っておきながら、平凡にありたいだと？」

王は瞬《まばた》きを繰り返したあと、一拍置いて大声で笑いはじめた。

「ふははっ！　面白い。さすが選ばれし賢者だな。いいだろう。その条件を飲もう。こちらとしても、そなたには今以上に強くなってもらいたい。学びを怠《おこた》るなよ、若き賢者よ」

「もちろん。普通の平凡な子供として、本分をまっとうするよ」

といっても僕が学びたいのは、賢者として力を使う方法じゃなくて、普通の子供らしい生活のほうだけどね。

「しかし若き賢者よ。そなた、大した度胸を持った童だな。小国とはいえ、この魔術大国メイリーの国王である私に交渉を持ちかけてくるとは。諸外国の王ですらそのようなことはせぬぞ。かといって、幼さゆえの無謀というわけでもなさそうだ」

言葉を発する代わりに、軽く肩を竦《すく》めてみせる。

「ふ。喰えぬ子供よ」

「それは王様もだよ。こんな子供の相手を真剣にするなんて、相当変わり者だよ?」

「はは、違いない」

僕と王は目を合わせて、にやりと笑い合った。

「それと、これは個人的な質問なのだが」

「なに?」

「幼子のくせ、どうしてそれほどに賢いのだ?」

あまりにどうでもいい質問だ。

僕は軽く肩を竦めて、こう答えておいた。

「さあ。賢者だからじゃない?」

第十三話

魔族の領地を見に行く

王との話がまとまったので、今日は一旦、家に帰してもらうことになった。

ただ帰宅してからが大変だった。

僕が魔法陣をいじって、城に移動したことがばれていたのだ。

心配しまくって大騒ぎしていた家族たちに、王様と話してきたことを伝えると、まず母が卒倒《そっとう》した。

「休みの間だけ、お手伝いすることになったよ」と話したら、今度は次兄が泡を吹いて倒れた。

真《ま》っ青《さお》な顔で「どうやって戻ってきた」んだと詰め寄る父と長兄には、あらかじめ椅子《いす》に座ってもらってから、「王様が転移魔法をかけてくれたんだ」と説明した。

椅子から転がり落ちたふたりを見て、先に座らせておいてよかったとしみじみ思ったことは内緒だ。

それからすぐに国王の使者が正式な書状をもって転移してきたり、その日は結局、夜遅くまでバタバタした。

父は「エディが本当に手伝いたいなら止めないが……本当の本当にいいのか？」と何度も尋ねてきた。

家族と、それなりに平穏《へいおん》な生活を護るための選択だから、僕に不満はない。

正直、国王がもっと嫌なやつだったり、馬鹿《ばか》王だったりした場合、僕対メルリー国で戦争するのもありかなとか考えていたんだけど。

折衷《せっちゅう》案でお互いが納得できる形を取れてよかった。

目立たないためには、平和的解決が一番だからね。

◇◇◇

そして翌日。

今度は本人承諾のもと、長兄に転移させてもらった僕は、再び城へとやって来た。

王様から頼まれた僕の初仕事は、魔族領に面する国境の視察に行くことだ。

魔王がいなくなってから、どんな状況なのかを王様は確認しておきたいらしい。

視察部隊のリーダーは、クラリス姫だと聞いたから、僕も承諾した。

クラリス姫は父親に叱《しか》られても、僕のことを話さずにいてくれたし、信用してもいいだろう。

それに視察をするエリアは、メイリー国側の安全な場所だけだ。

初日の仕事内容としては、まあそんなところだろうという感想を抱いた。

「エディ様！」

案内されてメイリー城の門前に向かうと、そこで僕を出迎えてくれたのはクラリス姫だった。

国境には変装して行くことになっているから、前回会ったときとだいぶ雰囲気《ふんいき》が違う。

クラリス姫はローブを身にまとい、旅人らしい扮装《ふんそう》をしている。

金色の髪は目立たないように編み上げているようで、フードを被《かぶ》ればすっぽりと隠れてしまう。

「お久しぶりです、エディ様！」

「わっぷ」

また抱きしめられて、胸が押しつけられた。

相変わらず、クラリス姫の抱きつき癖《ぐせ》には困ったものだ。

僕はじたばたと暴れたあと、ぷはっと息を吐き出した。

「ふう。そうだ、クラリス姫。なんか色々ごめんね。僕のせいで怒られたみたいで」

「こちらこそ、申しわけありませんでした……。結局、父をうまく誤魔化《ごまか》すことができず……」

「ううん。あの王様相手に嘘《うそ》なんてつかないほうがいいよ。でも僕の意思を尊重《そんちょう》しようとしてくれて、ありがとうお姫様」

「私、今回の失態の汚名返上《おめいへんじょう》ができるよう、精一杯エディ様のお手伝いをしますね！」

張り切るクラリス姫に向かい、僕は苦笑いを返した。

「違う違う、僕がお姫様のお手伝いをするんだってば！」

そんなやりとりを交わしている横で、護衛たちが行ったり来たりしている。

僕たちとともに魔族領を目指す護衛は四人。

その旅支度《たびじたく》をする兵士たちで、周囲はごった返している。

「馬はこれで全部か？」

「必要な荷物は運び終わったぞ」

「エディ様は私と一緒の馬に乗りましょうね。私、乗馬には自信があるんですよ」

「うん。よろしくね、お姫様」

さすがに六歳の体では、ひとりで乗馬するのは不可能だ。

僕はクラリス姫の隣《となり》で、準備が整うのを待った。

そうだ。魔族領に同行する護衛たちの実力を調べておこうか。

万が一、なにかあったとき、護衛がどれだけ動けるのか、知っておきたいし。

口内で詠唱《えいしょう》して、彼らのステータスをさっと確認する。

護衛の能力値は、普通に戦うには申し分がないレベルだ。

それはいい。

気になるのは、護衛ではなく、従騎士《じゅうきし》が連れてきた馬のほうだ。

＊＊＊＊＊＊＊＊＊＊＊＊＊＊＊
種類：馬
体力：１２０
状態：発熱・疲労
＊＊＊＊＊＊＊＊＊＊＊＊＊＊＊

巻き込みでスキャンした結果、馬が病気であることに気づいたのだ。

僕はきょろきょろと辺りを見回した。

うーん。

新米っぽい従騎士は馬車の支度《したく》に夢中で、馬が病気なのに気づいていなさそうだ。

やれやれ、しっかりしてくれ。

このまま出発するわけにはいかないので、さりげなく注意することにした。

「ねえねえ、お兄さんたち！」

「あ！　エディ様！」

たっと駆け出した僕の名を、クラリス姫が焦《あせ》ったように呼ぶ。

僕は無邪気《むじゃき》な顔で、「待っててー！」と叫んでから、従騎士たちのほうに駆け出した。

「どうした坊主。こんなところに近寄っちゃ危ないぞ？」

「いいじゃないか。馬がたくさんいるのが珍しいんだろう」

作業をしながら僕に注意を向けてきた従騎士ふたりをターゲットに決める。

僕はニコニコ笑いながら、馬を指さした。

「色んなお馬さんがいるねえ。みんなどこから来たの？」

「ははは。ここにいるのはすべて、この城の馬だぞ」

「それって、あっちのお馬さんも？」

首を傾《かし》げて指し示す場所を変える。

僕の小さな人差し指の先にいるのは、病気の馬だ。

「ああ。あいつもそうだよ」

「ふうん。でも変だね。あのお馬さんだけ、みんなと違うことしてるのに」

「違うこと？」

「うん！　お耳をぺたんってしたり、ぷるぷるって揺らしたりしてるんだ。他のお馬さんはしてないでしょ？　だから僕、あの子だけ違うところのお馬さんなんだって思ったの」

僕の言葉に、従騎士たちは驚いたような顔をした。

「おい！　馬の様子を確認してくれ！」

「わかった！」

にわかに周囲が慌《あわ》ただしくなる。

僕は素知らぬ顔で、馬を調べはじめた従騎士たちの傍《そば》に寄って行った。

「あれあれ？　どうしたの？」

「あのな坊主。もしかしたらあの馬は、具合が悪いのかもしれない」

「えー！」

もちろん驚いたふりで、本当は前世の知識で知っていた。

馬は不快感を感じたり、ストレスを感じていると、耳を伏せ、小刻みに動かす。

さすがにそれを指摘されたら、従騎士たちも気づくだろうと思っていたので、想像したとおりの展開になってホッとした。

「大変だ！　この馬、熱があるぞ。こんな状態で長旅なんて無理だ」

「すぐに代わりの馬を手配しろ」

いっそうバタバタしはじめた従騎士たちを眺《なが》めつつ、のんびりした声をあげる。

「そっかー。お熱があったんだ。だからお馬さん、そわそわしてたんだねー」

「そうみたいだな。ああもう、気づかないなんざ情けない！　それに比べて坊主、よくわかったな！　すごいじゃないか！」

従騎士たちが感嘆の声をあげ、僕を取り囲む。

「坊主はどこから来たんだ？」

「あれだろ、ほら、クラリス姫を介抱《かいほう》したっていう隣国《りんごく》の少年だ。お礼として国王陛下が、我が国に招待して見聞を広めるよう言ったらしいぞ」

「そうだったのか。利口な少年だと聞いていたが、さすが着目点が違うな」

従騎士たちが感心しはじめたので、僕は引きつり笑いを浮かべて、後退《あとずさ》った。

そういうのは全然求めてないいんだから、勘弁《かんべん》してほしい。

「エディ様……！」

うっ。

振りかえれば、両手を胸の前で組んだクラリス姫が、キラキラと瞳《ひとみ》を輝かせている。

従騎士たちが離れていったタイミングで、クラリス姫はそっと囁《ささや》きかけてきた。

「馬の病にただひとり気づくとは。さすがです、エディ様！」

「ちょっとした魔法を使っただけだよ。それよりお姫様」

「わかっています、内緒なんですよね」

唇《くちびる》に指をあてて、しーっ、と言いながらクラリス姫が楽しげに眼を細める。

僕は曖昧《あいまい》な笑みで頷《うなず》き返しておいた。

それからしばらく——。

無事に代わりの馬をそろえたところで、僕はクラリス姫の馬に乗せてもらい、護衛たちとともに城を出発した。

今回の旅は、安全なはずだったのに——。

まさか、このあとすぐ最上位魔族同士の戦に巻き込まれることになるなんて。

さすがの僕も予想していなかった。

第十四話 僕だけが気づいたふたつの異変、そして――

途中野営をしつつ、二日ほどかけて国境に到着した。

道中、これといった問題が起こることもなく、穏《おだ》やかな旅が続いている。

ただ僕個人としては、とても困った事態になっていて……。

「エディ様、大丈夫ですか？　疲れていません？　ちゃんと私のほうに寄りかかってくださいね」

クラリス姫と僕は一頭の馬でタンデム中。

普通、男のほうが後ろに乗って、手綱《たづな》を握るわけだけれど、子供の僕とクラリス姫の場合ではそうもいかない。

結局、僕は旅の間ずっと、後ろからクラリス姫に抱きしめられているような格好《かっこう》を強いられていた。

「あの僕、寄りかからなくても大丈夫だから……」

「いけませんよ。この馬はただでさえエディ様には大きいのですから」

クラリス姫にぐいっと引き寄せられて、後頭部が胸の膨《ふく》らみに押しつけられる。

柔《やわ》らかい弾力に、背中がムニッと当たって、僕は思わず息を呑《の》んだ。

「うわっ⁉」

「ああ、暴れてはだめです。このままじっとしていてくださいね」

「……っ」

子供相手だからなにも気にしていないんだろう。

でも騙《だま》しているような罪悪感で、こっちとしては気が気じゃない。

平常心、平常心。

自分に言い聞かせて、できるだけ冷静でいられるよう、周囲の景色に意識を向けた。

これから僕たちは国境に沿った一帯を偵察して回る。

国境を越えれば魔族領だ。

国王が定期的にこの辺りに送っている偵察部隊も、国境を越えるようなことはしていない。

国境の先の情報はないため、そこを越えないように、僕たちは進んで行った。

最初の問題が起こったのは、国境を画する川で馬に水を飲ませようとしたときだ。

「なにか引っかかっているぞ」

「あれは——吊《つ》り橋か？」

護衛たちが見ている先には、たしかに岩に引っかかったロープと板のようなものがあった。

「嵐《あらし》かなにかで、橋が落ちたんだろうな」

護衛たちの言うとおり、吊り橋の残骸《ざんがい》なのは間違いなかった。

でも、原因は嵐以外だな。

上流だから、水の流れ自体は激しい。

にもかかわらず吊り橋の残骸が引っかかっているということは、ごく最近流れてきたものの可能性が高い。

でも、ここ最近雨が降った様子は見受けられなかった。

もし大雨が降ったのなら、こんなに川が澄んでいるわけがないからね。

川の水を眺《なが》めたまま、僕はかすかに目を細めた。

それじゃあ、大雨以外の理由で、吊り橋が崩落した原因はなんだ？

気になった僕は、岩の上をぴょんぴょんと飛び移り、ロープを回収した。

「エディ様？　どうかなさいましたか？」

「見てお姫様。このロープ、少し変だよ」

吊り橋の一部とおぼしきロープ。

その切り口は、斜めに切られている。

「ほら。剣《けん》で切ったみたい」

「本当ですね。誰《だれ》かが故意に橋を落とした、ということでしょうか？」

「えー、どうしてかな？　だってそんなことしたら、みんなすっごく困るよね？」

僕は無邪気《むじゃき》なふりを装って、小首を傾《かし》げてみせた。

現時点ではどういう状況か判断しかねるけれど、クラリス姫たちにも危険が近づいている可能性には気づいていて欲しい。

「誰か、この橋を落とさないと困っちゃう人がいたってことなのかなあ？」

「……！」

僕の言葉を聞いた直後、クラリス姫や護衛たちの顔が引きつった。

言いたいことが伝わったようでよかった。

クラリス姫は、ロープと護衛たちの顔を交互に見比べたあと、表情を引き締めて周囲を見回した。

「警戒しつつ、先に進みましょう」

——ところが、異変はそれだけでは終わらなかった。

そこからしばらく川上に向かって移動していると、地面の一部が踏《ふ》み荒らされている場所に辿《たど》り着いたのだ。

やっぱり、どうもキナ臭《くさ》い。

嫌な予感は増していくばかりだ。

このこともクラリス姫たちに気づかせておいたほうがいいな。

「ねえ護衛さんたち。土がぼこぼこしているよ。これって、お馬さんが走った跡なの？」

僕の問いかけに、護衛たちが頷《うなず》く。

「そうだな。よほど急いで駆け抜けていったんだろう」

「すごいね！　このお馬さん、橋を渡るのも怖くなかったのかな？」

「橋？」

「うん。この柱、きっと橋があったんだよね？　……ほら、向こう側にちょっとだけロープが残ってる」

僕が指さした対岸には、吊り橋の片側とおぼしき残骸が残っていた。

「さきほど下流に引っかかっていた吊り橋は、ここから落ちたもののようですね」

隣《となり》に立ったクラリス姫が、向こう岸を眺めながら呟《つぶや》く。

「お馬さんで橋を渡ったあと、ロープを切って橋を壊しちゃったのかな？　どうしてそんな意地悪するんだろう？」

「意地悪？」

「うん。だってそのあと誰か来ても、渡れなくしちゃったんだよ？」

「……！」

僕がそこまで誘導すると、他の面々ははっとした顔になった。

「姫……。もしや、追われている何者かが逃げるためにこの橋を落としたのでは？」

「ここは人間領、人間が追われている可能性は否定できません。捜しましょう」

「我らが偵察してまいります。姫とエディ殿はこちらでお待ちを」

護衛の三人が、蹄《ひづめ》の跡を追って森のほうへ入って行く。

しばらくしてから、ひとりが血相《けっそう》を変えて戻ってきた。

「ひ、姫！　大変ですッ！」

顔色を白くした護衛が、大声で叫ぶ。

「なにがあったのですか⁉」

「森に……！　森に死体がッ！」

いわ」

第十五話　密書を解読する

「死体⁉　どうしてそんな……。エディ様はここに――。いえ、置いていくほうが危険かもしれな

クラリス姫は独《ひと》り言《ごと》のように呟《つぶや》くと、僕をさっと抱き上げた。

「あなたに恐ろしい想いをさせたくはありません。どうか目を瞑《つむ》っていてください」

死体には慣れてるし、まったく恐れてなどいない。

でも怯《おび》えていると思われたほうが、普通の子供としては自然だからね。

返事の代わりに、クラリス姫の首にぎゅっとしがみつく。

それでクラリス姫は僕が怯えきっていると思い込んだようだ。

抱きかかえられたまま運ばれている間、僕は大人しく存在感を消していた。

ただしこっそりと周りの様子を観察するのは忘れない。

馬を森の入口に繋《つな》いでから、僕らは護衛の先導のもと、どんどん森の中へ進んで行った。

人の手が入っていない、険《けわ》しい森だ。

しばらく進んだところで、鼻につく鉄の臭《にお》いがし、地面に倒れた死体が見えた。

抱きしめられているため、クラリス姫が息を呑《の》む気配が、ダイレクトに伝わってくる。

「これは……！　人狼《じんろう》ですか……？」

クラリス姫が護衛に尋ねる。

僕はクラリス姫に気づかれないよう、そっと死体を眺《なが》めた。

枯葉《かれは》の上に倒れているのは、端正《たんせい》な顔をした人型の魔物だった。

狼《おおかみ》の耳に尻尾《しっぽ》、血の垂れた口からは鋭《するど》い犬歯《けんし》が覗《のぞ》いている。

クラリス姫の言うとおり、人狼だ。

「お姫様、ぼく怖いけど平気だよ。だから降ろして」

「本当に……？」

「うん」

クラリス姫のほうがよほど青白い顔をしている。

「では絶対に傍《そば》を離れないでくださいね」

「はーい」

そっと地面の上に降ろされる。

恐る恐る人狼の死体に近づくクラリス姫の傍《かたわ》らで、僕は辺りを見回した。

すぐ近くでは主《あるじ》を失った馬が、所在なさげに佇《たたず》んでいる。

人狼の馬だと見ていいだろう。

「おそらく、この背中に刺さった矢が原因でしょう」

先に死体を検分していた護衛がクラリス姫に説明をする。

クラリス姫は自分が苦しみを覚えているかのように、顔をしかめた。

「これは……痛ましいですね。せめて抜いてあげ……」

いけない。

「お姫様……！」

僕は急いで、クラリス姫に耳打ちした。

「触らないほうがいいよ。毒矢の可能性が高いから」

「え⁉　毒矢⁉　エディ様どうしてそのようなことが⁉」

驚きの声を上げたクラリス姫に向かって、慌《あわ》ててしーっと伝える。

護衛たちは不思議そうに首を傾《かし》げている。

自分の口を押さえたクラリス姫が、こくこくと頷《うなず》き返すのを確認して、僕は小声で話を続けた。

「見て。矢はそれほど深く刺さっていないし、位置は心臓から離れてる。それに殆《ほとん》ど出血していない。ということは、傷や出血が原因で死んだんじゃない」

「なるほど。そうなれば、考えられるのは毒ということですね」

「さすがに種類まではわからないけど、遅効性《ちこう》の毒だと思う。この森には馬の足跡が一頭分しかなかったから、ここで追手に殺されたわけではなさそうだ」

「エディ様……。すごくお詳しいのですね。まるで私よりもずっと年上の方とお話しているよう」

「え⁉　あ、えーっと、これは……そう！　僕が大好きな冒険小説で読んだんだ！」

「まあ！　随分《ずいぶん》と難しい知識が出てくる本を読まれているのですね！」

「そんなことないよ⁉　竜と騎士と毒殺のお話だから！」

危ない危ない。

僕が慌てて誤魔化《ごまか》していると……。

「姫、見てください！」

人狼を調べていた護衛のひとりが、死体の懐《ふところ》から見つけ出した一通の書簡を差し出してきた。

「密書《みっしょ》ですか。これを運ぶ途中で奇襲にあったのかもしれませんね」

「読んでみようよ、お姫様」

クラリス姫は頷き、その書簡《しょかん》を広げた。

すぐに彼女の眉《まゆ》が、困惑気味《こんわくぎみ》に寄せられた。

「この文字は人狼族の言葉でしょうか？　誰《だれ》か読めるものは？」

クラリス姫が護衛たちの顔を順番に見ていく。

皆、一様に首を横に振った。

読める者はいないようだ。

僕以外。

まあ、それも当然だ。

国交でもない限り、他種族の言語を学ぶ機会は巡ってこない。

魔族と人間は敵対する関係にあるのだし、とくに人狼族は他の種族との群れ合いを忌《い》み嫌《きら》う。

僕は前世で魔法関係の知識を制覇し終えたあと、暇《ひま》つぶしに世界中の言語を覚えていったから、人狼語を読めるのだけれど、それはかなり特殊なパターンと言える。

さて――。

僕はクラリス姫が手にしている書簡を覗き込んだ。

『竜人族《りゅうじん》の軍団は、予測どおり川上に陣を張っている。太陽が天辺《てっぺん》に昇るのと同時に攻撃を開始せよ』

げっ。これは竜人族への攻撃を指示した密書だったのか。

しかも攻撃対象の竜人族も陣を張っているということは、戦をするつもりらしい。

さっきから危惧《きぐ》していた問題が、いよいよ現実味を帯びてきた。

「お姫様、ちょっと来て！」

「エディ様⁉」

僕はクラリス姫の手を引いて、木陰に呼び込んだ。

「今のお手紙には、人狼族が竜人族に攻撃を仕掛けるって書いてあるよ」

「ええっ⁉　本当にそんなことが書かれていたのですか⁉」

「うん。この単語は軍団っていう意味。こっちは川。これは太陽が天辺に昇る、意訳で正午《しょうご》っていう意味だよ。――って、これも前に読んだ本に書いてあったんだー」

「そんな難しい御本まで読めるなんて、さすがです、エディ様！」

「あ、あはは……。それより、ここを見て。攻撃って書いてあるんだ」

僕はひとつひとつの単語を訳しながら、密書の内容を説明していった。

「なるほど……。たしかに戦を仕掛けるための指示が書かれているのですね」

クラリス姫がきゅっと唇《くちびる》を噛みしめる。

彼女は僕の説明を、真剣に受け止めているようだ。

竜人族の言葉を物語で覚えたなんていう言いわけ、本気で信じていることもないだろうに。

「自分から言うのもなんだけど、僕の話、鵜《う》呑《の》みにしていいの？　子供の悪ふざけかもって思わない？」

「まあ、エディ様……！」

クラリス姫は跪《ひざまず》いて視線を僕に合わせると、強張《こわば》っていた表情を柔《やわ》らかくした。

「私はこれでも騎士です。一度、信頼すると決めた人を、疑ったりなどしません。それにあなたの知識には、きっと不思議な理由があるのでしょう？」

「まだ二回しか会ったことがないのに、信じてくれるの？」

「回数は関係ありません。私はあなたとの間に絆《きずな》を感じているのです」

親しみと信頼の込められた瞳《ひとみ》で見つめられ、少し照れくささを感じた。

クラリス姫の気持ちはうれしい。

僕も僕なりに、その信頼には応えたい。

「それじゃあ今の密書の内容を、護衛のお兄さんたちにも知らせて。どうするかをすぐ話し合ってくれる？　あと、僕が密書を読んだことは、秘密にしておいてね！」

「ええ、わかりました。エディ様、ありがとうございます」

再び表情を硬くしたクラリス姫が、護衛たちを呼び寄せる。

「クラリス姫。いったいなにが書いてあったのですか？」

「この密書には、竜人族への攻撃を正午に開始しろとの指示が書かれていました」

「姫、人狼族の言語が読めるんですか⁉」

「私の異国のお友だちが、秀才……いえ、天才で、以前読み方を教えていただいたのです。私にはすべては読めませんが、重要な単語を教えてくれていたそのお友だちのおかげで内容を理解することができました。本当に感謝してもしたりません」

「魔族の言語を自在に読める人間がいるとは……」

「どれほどの頭脳を持った人物なんだ！」

クラリス姫は誇らしそうな顔でチラッと僕を見た。

さりげなく咳《せき》払いを返す。

だって今は僕を自慢に思っている場合じゃないからね！

クラリス姫もハッとしてくれたのでよかった。

「と、とにかくそれはいいとして！　問題は手紙の内容です。恐らく殺された人狼は、援軍か何かにこの密書を届けるところだったのでしょう」

クラリス姫が護衛たちに向けて書簡を読み上げているふりをしているあいだに、僕は考えた。

殺された人狼は、密書をいったいどこに届けるつもりだったんだろう。

ここは人間領だ。

魔族領側から吊り橋を渡《わた》ってきたということはわかっている。
魔族領から持ち出された密書……。
まさか人間と手を組んでいる？
いや、それはおかしい。
人間が竜人と人狼の戦いにわざわざ加わる理由などない。
それに人間領は、クラリス姫の国の領地だ。
そんな動きがあったら気づかないわけがなかった。
となると――。
攻撃開始の指示命令。
密書を持った人狼が向かっていた人間の領地。
しかし人間が手を貸すとは思えないこの状況。
まさか人間の領地側に、人狼たちの軍勢が入ってきているのか？
「ねえ、お姫様。もしこの戦いがはじまったらどうなっちゃうの？」
「それは……」
クラリス姫はぐっと眉根《まゆね》を寄せたあと説明してくれた。
「この辺りでは人狼と竜人、それからヴァンパイアが強い勢力を持っています」
護衛たちが緊張した面持《おもも》ちで、ごくりと息を呑む。
無理もない話だ。

人狼も竜人も、強くて残忍な魔物だ。

彼らの中でも、トップの戦力を誇る者は、一体で人間側の一軍にも匹敵すると言われている。

かつて戦争になったとき、人間側はたいした抵抗もできないまま壊滅状態に陥《おちい》った。

人間側の賢者《けんじゃ》がそれを止め、不可侵協定を結ばせるまで、彼らは畏怖《いふ》の対象だったのだ。

竜人や人狼だけでも厄介《やっかい》なのに、そのうえヴァンパイアとは……。

「中でも人間にとってなにより問題なのは、ヴァンパイアの一族です」

まあそうだろう。

彼らは協定さえなければ、いつでも人間を餌《えさ》にしたいと思っているような連中だ。

「竜人と人狼は勇猛《ゆうもう》でとても強い種族ですが、もし両者が戦となり、戦力を削り合うことになれば……。確実にヴァンパイアはその隙《すき》を突くでしょう。竜人と人狼が敗北し、ヴァンパイアの枷《かせ》となる存在がいなくなった場合、彼らはきっと『種族共存協定』を反故《ほご》にして、人間の領土を浸食してきます」

「それじゃあなんとしても、竜人と人狼の戦いを止めないとまずいんだね」

「ええ……。ですが戦は開始寸前。応援要請をしている時間はありません」

ということは、ここにいる人間だけでなんとかしないといけないわけか。

ちらっと視線を向けると、護衛たちは青褪《あおざ》めて震えていた。

「戦になれば終わりだ……」

「ただ偵察するだけの任務だったのに、なぜこんなことに……。とにかくクラリス姫をお護りしながら、一刻も早く逃げるぞ！」

「姫のお言葉を聞いていなかったのか⁉　ここで逃げては人間の領土がいずれ侵略されてしまう！

ああでも、どうすれば……」

護衛たちが混乱する中、事態はさらに悪くなった。

うなじの辺りがピリッとする感覚を覚えて、僕は森の先に視線を向けた。

数秒遅れて聞こえはじめたのは、かすかな馬の足音だ。

「ねえ、みんな！　なにか来るよ」

強烈な殺気《さっき》を放って、荒々しい足音が近づいてくる――。

第十六話　強化、クラリス姫

足音がものすごい勢いで近づいてくる。
探知魔法を使って調べている暇《ひま》はない。
「エディ様、私の後ろへ！」
表向きは、クラリス姫に庇《かば》われる形をとりながら、僕はさりげなく身構えた。
最悪の場合、すぐに魔法を発動できる状態にしておく。
その直後、木々の向こうから、音の主《ぬし》たちが姿を現した。
尖《とが》った角と、全身を覆《おお》っているであろう銀の鱗《うろこ》。
身長二メートルはある体格に、一振りしただけで周りのものを破壊しそうな尾。
大きな口からはギザギザとした鋭《するど》い歯が覗《のぞ》いている。
――竜人族《りゅうじん》だ。
「＊＊＊＊＊＊＊＊＊＊＊＊（ああ？　なんで人間がこんなとこにいんだよ）」
紡《つむ》がれたのは竜人族の言葉だった。
僕は理解できている。
でもクラリス姫たちにはわからないだろう。

「ヒッ……！　竜人!?」

馬上から見下ろしてくる魔族を前に、護衛たちが震え上がる。

敵は十人ほど。

すべて騎乗しており、慣れた手綱《たづな》さばきで僕たちを取り囲んだ。

「姫、お下がりください！」

「いいえ、私も戦います！」

護衛とクラリス姫は、子供の僕を庇うようにして、円形の陣形を組んだ。

お互いに背中を寄せ合って一カ所に固まり、武器をかまえる。

「＊＊＊＊＊＊＊＊＊＊＊＊＊＊（おいおいやめとけって。……ああ、竜人語が通じるわけもねえよなあ）」

ひとりがふんと鼻を鳴らし、別の言語を使いはじめた。

『おい。公用魔族語がわかるやつはいねえのか』

『……そ……ソレデハー、私がしゃべりマス』

クラリス姫が応じて、少したどたどしく公用魔族語を話しはじめた。

『話が通じてよかったぜ』

竜人は、顎《あご》の下まで鱗に覆われたその顔をにやりと歪《ゆが》めた。

それにしても、この竜人たち、さっきの人狼《じんろう》の追手なのだろうが、完全武装状態とはね。

鱗の上からさらに鎧《よろい》を着込み、腰には大剣《たいけん》をさげている。

あの密書《みっしょ》に書かれていたことが、いよいよ現実味を帯びてくる。

『人間がここでなにをしている？　返答次第によっちゃあ殺すぜ』

言葉は理解できていなくても、相手の殺気《さっき》を感じ取ることは可能だ。

護衛たちが慌《あわ》ててクラリス姫を庇おうとした。

「く、クララ様、お逃げください！」

クララはクラリス姫の偽名《ぎめい》だ。

万が一のとき、王女だと気づかれないよう、事前にそう呼ぶように決めておいたのだった。

「……落ち着きなさい。この方々は、質問をなさっているだけです」

クラリス姫は深呼吸をして、ことさらゆっくりと言った。

『わたくしどもはメイリー国の兵デース。国境付近の視察に来たネン。戦闘を行うつもりはアリマセン』

おいおい、クラリス姫の公用魔族語はかなり怪しいぞ。

ちょっとたどたどしいどころじゃないな。

まあ、通じてるからいいけど。

今の問題はこの状況のほうだし。

なぜ魔族が人間の領地にいるのか。

許可なく踏《ふ》み込むことは、協定で固く禁じられている。

おそらくクラリス姫もそのことを追及したいのだろうけれど、この状況下で下手《へた》に相手を怒らせたら藪蛇《やぶへび》だ。

今はただ淡々《たんたん》と、こちらに敵意がないことを説明するだけに留めていた。

でもまだ竜人たちは疑っているように見える。

もうひと押し必要そうだな。

頃合いを見て、僕は大きな声を上げた。

「お姉ちゃん、怖いよ！　今日はここにお散歩に来ただけじゃなかったの⁉」

「あん？　子供連れだと？」

「ふん。どうやら、悪さする気じゃなかったってのは本当らしいな。ガキまでいて戦いもなにもないだろう」

竜人たちは値踏みをするような目で僕たちを見ている。

それでも一応は納得したようだ。

『まあいい、どけ、人間。俺たちはそっちの犬コロに用があるんだよ』

「犬コロじゃねえよ、もう死んでんだからな。ボロ雑巾《ぞうきん》とでも呼んでやれ」

「くははっ、それもそうか」

最初から僕たちなど眼中にないという態度だ。

こちらを見下している感情を隠そうともしない。

『ほらほら、人間ども。さっさと消え去れ。殺されたくなかったらな！』

「ひ、ひいい……！」

護衛たちは震え上がっている。

言葉は理解できなくても、剣を振るうふりをした粗野《そや》な態度で意図を汲《く》んだのだろう。

竜人は、『敵に回したら最後』と言われている魔族の中でも、最強の部類に位置する種族だ。

そんな相手に睨《にら》まれているのだから、護衛たちの怯《おび》えきった態度も致し方ない。

「行きましょう。『竜人のみなさま。感謝いたします』」

クラリス姫の行動に、僕は頷《うなず》いた。

そうだ。この状況では、なにより逃げるのが正解。

竜人ひとりで人間の一軍を滅ぼすと言われているのに、この人数ではどうにもならないからね。

今後どうするにしても、ここは一度切り抜けるに限る。

僕たちが馬に乗ろうとした、そのとき――。

「おい。こいつ、どこにも密書らしきものを持ってないぞ」

「なんだとぉ……？」

竜人たちが、こちらに声を投げる。

『人間ども。おまえら、こいつの死体に触ったか？』

『……イイエー』

『おかしいな。人間の臭《にお》いがするぞ？　犬コロどもほどじゃなくても、俺たちはおまえら人間より、よっぽど鼻がいいんだ』

『……傍《そば》に寄って、生死を確かめただけデース』

『そのときによお、こいつの懐《ふところ》からなにか持って行かなかったか？　例えばそう、お手紙とかな』

馬から降りた竜人たちが、僕たちのほうに近づいて来た。

護衛のひとりが震えはじめる。

密書を持っているのは彼だ。

「おい、おまえら。全員ひんむいて確かめろ」

『……っ。ちょっと待つデスッ！』

クラリス姫は、青ざめた顔で必死に竜人を睨み返した。

『我らはれっきとした王国軍の騎士デス！　あまり無作法なことはなさらないでクダサイ』

『ああん？　無作法？』

「ぶはは、聞いたか！　人間ごときが、俺たちに作法を守れだってよ！」

「そうかそうか。じゃあいうとおりにしてやろう」

竜人のリーダーは、馬鹿《ばか》にしきったような笑みを浮かべて、ずいっと腕を伸ばした。

その太い指が指し示した先には、クラリス姫の姿がある。

『レディーファーストだったか？　女、おまえから先に確かめてやる』

『俺たちは礼儀正しい紳士だからな』

両手をいやらしく動かして、竜人たちがクラリス姫に近づく。

なにをしようとしているかは一目瞭然《いちもくりょうぜん》だった。

「クララ様！　お逃げください！」

血相《けっそう》を変えた護衛たちが叫ぶ。

僕は内心で舌打ちをした。

せっかく穏便《おんびん》にすませられると思っていたのに、ついてないな。

この状況だ。

もう逃げるのは難しい。

こちら側で、戦える者は何人いる？

護衛たちはなんとかクラリス姫を護ろうとしているものの、まともに戦えるような様子じゃない。

震えながらも毅然《きぜん》と唇《くちびる》を結び、戦意を失っていないのは、クラリス姫だけか。

「エディ様、あなただけでも逃げてください……！」

「ねえ、お姫様。剣《けん》の腕前、どのぐらい自信がある？」

「え？」

驚いて僕を振り返ったクラリス姫は、なにか言いたげな顔をしたものの、質問に答えてくれた。

僕の声音から、真剣さが伝わったのだろう。

せっかく転生してまで手に入れた生を、僕はこんなところで手放したくない。

だからなんとしても、クラリス姫には窮地《きゅうち》を脱してもらいたいのだ。

「私は……女の身なれど、剣の腕だけは誰《だれ》にも負けません。あのお父様もそれだけは認めてくださっていた。でも負け知らずなのは、人間相手のときの話です」

「あの王が認めた実力があるのなら、それで十分だよ」

僕はクラリス姫に近づき、さっと耳打ちをした。

「僕が魔法で援護するから、お姫様はあいつと剣で戦って」

「エディ様。ですが……！」

「大丈夫。死なせたりしない。僕が護るから。信じて」

「それでは誰にも力を気づかれたくないというエディ様の望みが……」

「あー……。まあ、たしかにね」

やれやれ。

こんなときにまで、僕との約束を守ろうとしてくれるのか。

青くなって震えていたくせに僕の魔法には頼らず、ひとりで戦おうとしていたクラリス姫。

僕は彼女のことを、つくづくお人好しだと思った。

「お姫様、心配してくれてありがとう。僕は大丈夫。その代わり護衛さんたちは眠らせてもらうよ」

本当は、竜人にも眠り魔法が効けば手っ取り早い。

しかし、こういうステータス異常系魔法は、魔族には滅多《めった》に効かない。

試し撃ちをして判断できるほど、今の僕の魔力量には余裕がない。

「僕とお姫様、ふたりで戦おう」

「……！　わかりました。あなたのために剣をふるいます！」

「じゃあまずは少しだけ、ひとりで戦っている状況を見せてくれる？」

それを見て、作戦を練りたい。

『おい。いつまでひそひそ話してるんだ。さっさとこっちに――』

どさり、と人間が地面に倒れる音がして、竜人たちが足を止める。

僕たちの護衛が眠り魔法によって次々倒れていくのを見て、竜人たちは怪訝《けげん》そうに首を傾《かし》げた。

「なんだ?」

「行きます、エディ様!」

剣をかまえ、地面を蹴《け》ると、クラリス姫は真っ直ぐ竜人たちの中へ突っ込んで行った。

へえ、速いね!

クラリス姫の剣筋は軽やかなもので、僕は純粋《じゅんすい》に驚かされた。

「やあっ!」

『ふん……人間ごときが!』

竜人が大剣を抜き、クラリス姫に向かって振り下ろす。

重厚《じゅうこう》な一撃が風を切る音とともにクラリス姫に襲いかかる。

クラリス姫はしなやかな動きで、後ろへ飛んでそれを避けると、隙《すき》の生まれた竜人へ向けて細身の剣を薙《な》ぎ払った。

動きは圧倒的にクラリス姫のほうが速い。

けれど――。

『なんだあ? くすぐったいだけだぞ』

「そ、そんな……」

『次はこっちの番だ！』

竜人は鎧に覆われた手でクラリス姫に殴りかかり、ぶんと腕を振り下ろした。

「あうっ⁉」

強烈な一撃を喰らったクラリス姫が後ろに吹き飛ばされる。

なんとか受け身を取ったものの、ざざっと地面を滑って木の幹に体を打ちつけてしまった。

『っ、うう……！』

「お姫様、大丈夫⁉」

慌てて駆け寄り、クラリス姫の顔を覗きこむ。

切れた唇から血が滲《にじ》んでいて痛々《いたいた》しい。

「申しわけありません、エディ様……！　まったく歯が立たないなんて……」

肩で息をしているクラリス姫が悔しげに、眉を寄せる。

僕は首を横に振って、彼女の腕にそっと触れた。

あの竜人を相手に瞬殺されていない。

それだけでも大したものだ。

さすがオークキングたちを、最後までひとりで相手にしていただけのことはある。

「ごめん、お姫様。もう一度だけいけそう？」

「ええ、問題ありません！」

「お姫様の動きは大体わかった。ここからは僕が連携していく」

「え……。たったあれだけでですか……⁉」

「うん。僕を信じて」

「はい！」

魔術の遣い手が、剣士を魔法で援護するのは、ごくありふれた戦闘方法だ。

そのためにパーティーを組むようなものだし。

だけど今回試そうとしているのは、単純な連携ではなかった。

僕が魔法を使えることは、この竜人たちにだって気づかれたくない。

そうなると、クラリス姫がひとりで戦っているように見せる必要がある。

この方法、前世で使ってみたことはないんだけどね。

技術的にも理論的にも失敗する要因がないと、僕は確信を持っている。

一度も使ったことがない理由は単に、誰かとパーティー組むのがそもそも初めてだからだ。

機会さえあれば、いつでも実戦に活かせるとは思っていた。

「エディ様、まいります。——はあああッッ！」

クラリス姫が再び地面を蹴ったのに合わせて、口内で火魔法を詠唱《えいしょう》する。

ただし、すぐに発動はさせない。

魔力を自分の右手から地面に伝え、そこからクラリス姫の剣にまとわりつかせる。

まるで蔦《つた》が刃に絡《から》みつくかのように。

目に見えないオーラのようなものが、クラリス姫の剣を包み込みはじめた。

ここまでは予定どおり。

自分の体から直接にではなく、遠距離から魔法を発動させるつもりでいるのだ。

相当なコントロール技術がいるけれど、それは前世の僕が大得意にしていた分野なので問題ない。

感覚は今も衰《おとろ》えていないと肌でわかっている。

「お姫様！　攻撃を仕掛けて！」

「っ、はい！」

僕の合図とともにクラリス姫が剣を薙ぎ払う。

それにあわせ、僕は魔法を放った。

その瞬間。

クラリス姫の手にした剣の刃が赤く輝き、強大な炎を吹き上げた。

竜人たちは、燃え盛る剣に目を見開く。

『お、おいなんだそれは⁉』

『やばいぞ！　おい、逃げ……』

「お姫様、剣を竜人たちに当てず、熱風で吹き飛ばすんだ！　全力で薙ぎ払って！」

「はい！　――やぁあっ！」

刃から巻き起こった熱風の渦は、クラリス姫が声をあげて剣を一振りしただけで、竜人たちをまとめて吹っ飛ばした。

「ぐあああああああああっ！」

鉄の鎧は熱を通す。

竜人たちは相当なダメージをおったようだ。

死んではいないものの、全員地面に倒れている。

鱗がどれだけ硬くとも関係ない。

竜人は熱に弱い。

これも前世の知識で知っていた。

「なんてすごい魔法なの……」

自分が放った一撃が信じられないというように、クラリス姫は呆然《ぼうぜん》と立ち尽くしている。

「うわあ。すっごく強いね、お姫様！」

僕は驚いて瞬《まばた》きを繰り返しているクラリス姫に向かい、にこりと笑いかけた。

第十七話

滅ぼせるけど、どうする？

「なにをおっしゃるのですか。すごいのはエディ様の魔法です！」

「違うよ。お姫様の剣《けん》の腕前が優れていたから、魔法で強化した剣を使いこなせたんだ。だからすごいのはお姫様のほう。僕は魔法でサポートしただけだ。それより――」

気絶している竜人《りゅうじん》たちと、グースカ眠り込んでいる護衛たちを見る。

この場にいる面々は、僕とクラリス姫以外伸びてしまっている。

さて。どうしたものかな。

「この密書《みっしょ》は私が持っていましょう」

護衛が持っていた密書を、クラリス姫は鎧《よろい》の内側に仕舞った。

懐中《かいちゅう》時計を確認したクラリス姫によると、正午まではあと三時間。

伝令が届かなかった以上、人狼《じんろう》族の奇襲攻撃は成功しない。

しかし、もう片側には大軍が控えていて、竜人族に攻撃を仕掛けるタイミングを窺《うかが》っている。

挟み撃ちの指示がいつまでも届かなければ、伝令が捕まったと察する可能性も高い。

そうなれば、片側だけで攻め込んできてもおかしくない。

戦いの火蓋《ひぶた》が切って落とされたらおしまいだ。

戦を完全に止めるためにも策を練らなければ。

僕は思考を巡らせつつ、クラリス姫の気持ちを改めて尋ねてみた。

「お姫様、どうしたいとか希望ある？」

「希望ですか？　私は……」

「やってみたいことがあるなら教えて」

クラリス姫は迷うように視線を動かしたあと、躊躇《ためら》いがちに話しはじめた。

「人狼と竜人が衝突し、つぶし合うような形になれば、我が国だけでなく人間側にも被害が生じます」

「うん。そうだね」

「私はメルリー国の姫として、なんとしても戦争を止めなくてはなりません」

最後の言葉には、クラリス姫の強い意志が滲《にじ》んでいた。

彼女は責任を放棄して逃げ出すつもりなんてさらさらないのだ。

となると、僕も付き合わないといけないよね。

さすがにこの状況で、ひとりだけ我関せずというのはクズ過ぎるし。

「でも、人間の力では竜人にも人狼にも敵わないよ。僕の魔法にも、魔力量の範囲内という制約がある。実際もう、魔力はあと180しか残っていない。どうする？」

「そ、それは……魔族たちと話し合いをすれば……」

「どっちの種族も人間を見下している。話を素直に聞いてくれるとは思えないな」

事実とはいえ、ちょっと意地悪な言い方だろうか。

クラリス姫の瞳《ひとみ》に浮かんだ強さが揺らいでいないのを見て、僕はホッとした。

そのぐらいで心が折れるような人ではないのだ。

「たとえ相手が聞く耳を持ってくれなくても、武力に訴えるのは最後の手段にしたいのです。まずは話し合いの場を設けたいと思います」

クラリス姫は懐《ふところ》に入れた密書を、鎧の上から押さえた。

「お姫様の考えは素晴らしいと思うよ。ただ、今の僕たちには交渉材料なんてなにもないでしょ？　どういう理由から話し合いの場を持ちたいと思ってるの？」

なんの勝機もなく話し合いをしたって、戦争を止められはしない。

「相手が望むこと、避けたいことを知らない限り、交渉はできません。戦争を止めるためにも、竜人たちの望みを知りたいと思ったのです」

クラリス姫は緊張からか、青白い顔をしている。

それでも瞳の中に迷いはない。

揺るぎない信念のもと、その手段を選んだというのなら、クラリス姫の考えに乗ろう。

「わかった。僕も協力するね」

「ありがとうございます……！」

「ちなみになんだけど、相手を滅ぼしちゃうっていう手もあるよ？」

「え⁉　滅ぼす⁉」

「うん。手段を選ばないのならね。魔王のときのように僕が一発魔法を放って、壊滅させせちゃえばいいだけだもん。でもそれをしたら、魔族たちに対する人間側からの宣戦布告と見なされちゃうよね。戦を止めるためにとった行動で、世界戦争を引き起こすことになるなあ」

「それはいけません……！」

「魔族を壊滅《かいめつ》させちゃえば、人間だけの安全な世界になるって考えもできるよ」

「いいえ。魔族が危険な存在だと決まったわけではありません。人間にもさまざまな考え方の人がいて、それは魔族も同じです。だからこそ我々は、争いで相手を制するのではなく、話し合って互いを理解しなければならないと思うのです」

「さすが世界平和を求める王様の娘！」

「世界平和など絵空事だと思いますか？」

僕は無邪気《むじゃき》な子供の顔で笑って、ふふっと首を傾《かし》げてみせた。

「難しいことはわかんないよ。だけどお姫様ならきっとできるんじゃないかなー」

結構、無責任なひと言を放ってしまった自覚はある。

でもクラリス姫は僕の言葉に勇気づけられたらしい。

「はい！　エディ様がそう言ってくださるなら、百人力です！」

クラリス姫の笑顔があまりに眩しくて、思わずドキッとした。

「僕が言うならって……」

「私はまだあなたと会ったばかりですが、あなたはいつも正しい言葉で私を導いてくれます。そのあなたが私を信じてくださるのであれば、怖いものなどありません！」

クラリス姫の真っ直ぐな言葉が気恥《きは》ずかしい。

「変なお姫様。こんな子供相手にさ」

「ふふ、そうですね。でもなんだか私は、あなたを子供だと思って接することができないのです」

少しだけ頬《ほお》を染めてクラリス姫が笑った。

――そのとき、竜人たちのひとりが唸《うな》り声を零《こぼ》した。

リーダーのように振る舞っていた、一番体格のいい男だ。

『う……』

目を覚ましたのか。

クラリス姫は僕を見て頷《うなず》くと、その竜人のもとに歩み寄って行った。

もう彼女の体は震えていない。

『なんだったんだ……。今の攻撃は――。……っ！』

竜人は、ぴたりと口をつぐんだ。

クラリス姫の剣先が、彼の喉元《のどもと》に突きつけられたからだ。

『あなたたちの主《あるじ》を一時間以内にここに連れて来なサイ。必要最低限の護衛のみ許可しマス。従えないようであれば、他のお仲間の命は保証しまセン』

『くそ……人間ごときが竜人様に命じるだと……？』

『さあ、早く決断してくだサイ。その首が斬り落とされる前に』

『くっ……』

竜人は歯噛みしながらも、馬に乗り、元来た道のほうへ走り去って行った――。

第十八話

竜人族の族長

待つこと数十分。

竜人《りゅうじん》の族長が、先ほどの竜人や数人の護衛を連れてやって来た。

おっと。

すごいのが登場したな。

今まで見たどの竜人よりも圧倒的に体格がいい。

鱗《うろこ》で覆《おお》われた皮膚《ひふ》は逞《たくま》しく、鍛《きた》えられた二の腕は丸太のように太かった。

頭部に生《は》えた漆黒《しっこく》の角も雄々《おお》しい。

男の中の男という感じが、正直格好《かっこう》よく思えた。

それはそれとして、本当に連れているのは最低限の護衛なのか、試しておかないとね。

探知魔法を使い周囲の様子を探る。

すぐに結果は出た。

竜人の族長はこちらの掲《かか》げた条件を呑《の》んだようで、周囲に潜《ひそ》んでいる者などはいなかった。

やっぱり便利だな、探知魔法。

魔力量の心配さえなければ、もっと頻繁《ひんぱん》に使えるのに。

馬上にある族長は忌々《いまいま》しそうに僕たちを見回したあと、チッと舌打ちをして部下を振り返った。

「おい、どうなってんだッ！　人間の女にガキじゃねえか！　こんな下等な生き物の、それも非力なメスに負けただと⁉　どの面下げて俺に『助けてください』なんて言いに現れやがったッ！」

「ヒッ……！」

怒鳴りつけられた部下が悲鳴を上げて竦《すく》みあがる。

「し、しししかし族長！　こ、こいつらマジで強いんですっ」

「うるせえ！　一族の恥《はじ》さらしどもめ！　仕置きが必要なようだな」

族長の声が一際《ひときわ》低くなる。

背中に背負っていた大剣《たいけん》を、族長がスルリと引き抜いた。

皮膚の表面がざわつくほどの殺気《さっき》が辺りに漲《みなぎ》る。

まさか流れを一切無視して、部下をぶちのめす気か？

さすがにクラリス姫がそれを見過ごすわけもなく――。

『勝手な振る舞いは謹《つつし》んでクダサイ』

『なんだと？　その口調、てめえふざけてんのか！』

「口調？」と呟《つぶや》いて、クラリス姫は小首を傾《かし》げた。

本人はいたって真面目なのだからしょうがない。

『いいデスカ。私たちは脅しには屈《くっ》しマセン。それに人狼《じんろう》が所有していた密書は、私の手にアーリマス』

クラリス姫の言葉を聞いた瞬間、族長はぴくりと眉《まゆ》を動かした。

『あなたたちにとって、重要な情報が書かれたものデース。これを手に入れられなければ、破滅の道を歩むことになりますヨ』

『ふん！　そんなもの、おまえを殺して奪えばいいだけだろう』

『長年交流の断絶していたあなたがたに、人狼族の言葉で書いてある密書の文字が読めますか？　拠点に翻訳できる者がいたとしても、戻って話を聞いているうちに間に合わなくなりますよ』

クラリス姫の指摘が図星《ずぼし》だったのだろう。

口惜《くちお》しそうに族長が歯噛《はが》みする。

『ふっ……くはははははっ！　随分《ずいぶん》とナメられたものだなあ。俺は侮辱《ぶじょく》されるのがなにより嫌いだ』

族長はひとしきり笑うと、真っ向からクラリス姫を睨《にら》みつけた。

『破滅の道？　上等じゃねえか。人間に手玉に取られるような一族なら、滅んだほうがマシかもなあ』

「ぞ、族長！」

一帯の空気がピリッと張りつめる。

僕はクラリス姫の後ろから、ひょこっと子供らしく顔を覗《のぞ》かせた。

『えー？　族長さん、どうしてそんな嘘《うそ》つくの？』

『なにィ？』

「え、エディ様！」

純粋無垢《じゅんすいむく》な少年を装って、ニコニコと竜人の族長を見上げる。

『だって族長さん、本当は仲間のことすっごく大事にしてるよね？』

『あぁ？』

この族長が短気で荒っぽい性格なのは確かだろう。

しかし振る舞いと、その人物の本質が常にダイレクトに繋《つな》がっているわけではない。

『族長さん、お姫様に言われたとおり、数人の護衛さんしか連れて来てないでしょ？　今は人狼さんとの戦いがあるかもって危ないときなのに、約束守ったんだよね？　それって、ここに倒れてる人たちを助けるためだよね？』

普通、族長と呼ばれてる人間が、そこまで無防備な真似《まね》などしない。

今のように、仲間が人質にされ、どうしても相手の条件を呑まなければならないとき以外は。

『族長さん、お姫様は魔族さんたちと戦いに来たんじゃなくて、戦いを止めたいんだよ。だから、お話を聞いてあげてよ。――そのほうがお互いのためにもなるんだしね』

「エディ様……」

『人間の子供のくせに、俺たちに物怖じせず話しかけてくるか。その度胸は面白い。しかし、それとこれとは話が別だ』

族長は手にしていた剣を、ずんっと地面に突き立てた。

クラリス姫は一瞬警戒して体を強張《こわば》らせたものの、すぐに姿勢を正した。

族長が馬から降りてきたうえ、その大剣よりも前に歩み出てきたのだ。

『女。話だけは聞いてやろう』

『その前にひとつ。これ以降、私どもに危害を加えないでクダサイ。そしてこの話を聞く以上、人狼族との衝突は避けると約束していただけマスカ？』

『おい、人間。こちらが譲歩してやったにもかかわらず、身の程知らずにもほどがあるぞ！』

『ですが、この情報がなくては種族を護れませんヨ』

双方無言のまま睨み合ったのち、竜人の族長がくくっと笑い声を零《こぼ》した。

『ふん！　いいだろう。約束してやる』

単なる口約束ね。

誠意を示すつもりなど皆無《かいむ》だな。

クラリス姫も同じことを思ったのだろう。

眉を寄せたまま、黙《だま》り込んでいる。

僕はクラリス姫に視線で合図を送り、首を横に振ってみせた。

これ以上交渉しても、時間の無駄《むだ》だ。

『さっさとしろ。俺は気が短いんだ』

クラリス姫は懐《ふところ》から密書を取り出すと、僕が指示したとおりの話をした。

話を聞き終えた族長は、考え込むように顎《あご》を撫《な》でた。

『つまり東西に人狼軍が待機して、俺たちの軍を包囲しているということか』

『正午を過ぎれば、いつ攻撃が開始されてもおかしくありまセン。開戦を避けるため、すぐに自軍の元へ引き返し、北に撤退してくだサイ』

『おい。お前たち、すぐ拠点に引き返すぞ。全軍に指令を出す。人狼を逆に攻め込んでやるとな』

『……そう言い出すのではないかという危惧《きぐ》もありましたが、予想どおりデスカー』

『俺たちを疑っていたのなら話は早い。密書が届かなかった以上、動くのは一方の軍勢だけだ。攻めない手はない。ふはは！　やつらの裏をかけるぞ！』

『あなたたちが戦力を削り合えば、必ずその隙《すき》をついてヴァンパイアが動きマース。そうなれば両軍とも――』

『ヴァンパイアなど知らん！　俺はあの忌々しい人狼を滅ぼしてやるんだ！』

『そんな……。あなたは族長なのでしょう⁉　正気デスカ⁉』

竜人の族長は目をぎょろつかせ、にたりとわらった。

『俺はあの人狼どもをぶっ倒して、あれを手に入れなきゃならねえんだよ。あれをなぁあ、ヒヒッ』

肩を揺らして笑う族長の口から、だらりと涎《よだれ》が垂《た》れる。

なんだ、突然？

さっきまでとは態度が全然違う。

「ぞ、族長……？」

竜人の部下たちも、困惑気味《こんわくぎみ》に族長の様子を窺《うかが》っている。

「そうだ。あ、ああああれを手にっ……！　あれを手に入れて、俺はこの辺り一帯の支配者になるんだッ！　あれが欲しい、あれがぁあ！」

あちゃー。これはもしかしたら……。

僕はある可能性を疑って、ひそかに目を細めた。

もし考えていることが当たっていたら、話し合いによって、この族長を説得するのは難しくなってくる。

とにかくもう少し観察して、見極めよう。

第十九話

執着の正体を見破る

「ねえねえ、竜人《りゅうじん》さん」

クラリス姫と族長が話している隙《すき》に、こっそり竜人族たちの間に紛《まぎ》れ込む。

族長をここに連れてきた竜人は、僕を見て、ぎょっとしたように肩を揺らした。

「なんで人間のガキが俺たちの間にいんだよ！」

「まあまあ、落ち着いて。それより族長さんって、いつもあんな感じなの？」

「あ⁉ あんなってなんだよ！」

竜人が怒鳴《どな》るたび、耳の奥がキーンとなる。

ガラが悪いうえ、怒りっぽいというのが竜人族の性質なのだ。

しかし族長はただ短気なだけじゃない。

僕が気になっているのは別の点。

時折、目の焦点《しょうてん》が合わなくなったり、その際にやたらと興奮する態度のほうだ。

「族長さんさっき、『あれを手に入れる』って言ってたよね。そのときの態度、変だったよ。なんだか周りが見えてない感じでさ」

族長は違和感を覚えるほどの執着心を見せていた。

それがどうにも引っかかる。

だから敢《あ》えて話題に出して、竜人たちの反応を見てみようと思ったんだけど……。

直前まで威勢《いせい》のよかった竜人たちは、言葉に詰まってお互いの顔を見合わせた。

その反応だけでも十分答えになっている。

なるほど。

あの族長の態度は、彼らにとっても異様なものだったわけだ。

「偉い人って、あんなに簡単に取り乱さないよね？」

「まあなー。たしかに最近の族長は妙《みょう》なところがあるな」

僕の振りに、竜人のひとりが乗ってきた。

やりとりを聞いていた他の竜人たちはぎょっとして、慌《あわ》ててその男の肩を摑《つか》んだ。

「なにガキの口車に乗せられてんだよ」

「だって気にならなかったか？　族長、『あれ』の話題が出ると、ちょっと様子がおかしくなるよな？」

「そ、それは……。魔王が死んで、俺たちを護るのに必死なんだろうよ」

やっぱりキーとなるのは、『あれ』と呼ばれるものの存在か。

「竜人さんたちは『あれ』がなにか知ってるの？」

「……ん？　おい、坊主。おまえ人間のくせに、なんでそんなに流暢《りゅうちょう》に竜人語を喋《しゃべ》れるんだ」

「え⁉　あ、そっそれは、本で読んだんだ！」

「そのぐらいで人間に俺たちの言語が習得できるわけねえだろ！」

「ははは。何回も繰り返し読んだからかなー」

疑わしいものを見る目で睨《にら》まれている。

危ない危ない。

好奇心を感じると、つい子供らしく振る舞うことを忘れてしまいがちだ。

「でも女騎士さんも、竜人語がぺらぺらだよ？」

「あの女は語尾《ごび》がおかしいだろ！　それに比べて、おまえの発音は俺たちと全然変わらない。はっ、もしやおまえ……！」

「な、なに？」

「竜人族に育てられた人間のガキなのか⁉」

「あははーどうかなー。って、ああっ！　そんなことより、族長さんとお姫様が大事なお話してるよ！　ちゃんと聞かなくちゃ！」

これ以上突っ込まれても厄介《やっかい》だ。

僕は強引に竜人たちの関心を逸《そ》らした。

実際、クラリス姫は族長に向かい、重要な問いを投げかけているところだった。

『そもそもなぜこのタイミングで、人狼《じんろう》族と戦争をはじめようなどと思ったのデスカ？　これまではお互いに干渉し合わぬよう協定を結んでいたのデスヨネ？』

『人狼どものことは、もともと気に入らなかったんだ。ただわざわざ潰し合うのも馬鹿《ばか》らしかっただけでな。しかし状況が変わった。魔王のやつが突然、「あれ」を残して死んじまったからな！』

『「あれ」とはいったいなんなのデス？』

『武器だ。——火薬だよ』

ああ。そういうことか。

人狼と竜人は、どちらも火に弱い種族だ。

だからこそ僕は、先ほどの戦いで火魔法を選んだ。

おそらく魔王も、力の強い二種族への牽制材料として、火薬という武力を保持していたのだろう。

あの魔王には大した部下もついていなかったみたいだし。

足りない兵力を火薬で補っていたというところかな。

でもまいったな。

僕が魔王を消滅させたことが、今回の問題を生み出したようなものだ。

やむにやまれず倒したとはいえ、その責任くらいは取っておくか。

竜人と人狼がお互いに干渉しなかったのは、勢力が拮抗《きっこう》していたから。

だけど、どちらかが火薬を手に入れてしまえば、その均衡《きんこう》なんてあっさり崩れる。

戦争をするまでもない。

火薬を手に入れたほうが、事実上の勝者だ。

となると『あれ』と呼んだ火薬の存在に対し、族長が異様な執着を見せるのも納得できる。

「あれを手に入れるんだ！　俺たちが！　俺たちがーッ!!　あの火薬を手に入れるうッ!!　なにがなんでもなああああッ!!」

火薬という単語に興奮したのか、族長が唾《つば》をまき散らして絶叫する。

族長の額《ひたい》には青筋が浮かび、見開かれた目は血走っていた。

突然、喚《わめ》きはじめた族長を前に、クラリス姫も竜人たちも息を呑《の》んで固まってしまった。

執着してるからって、この豹変《ひょうへん》ぶりの理由にはならないよね。

まるで禁断症状に見舞われた者のような態度だし。

やっぱり、これは――。

疑惑が確信に変わる。

顎《あご》を引いた僕は、誰《だれ》にも気づかれないように口元だけに笑みを浮かべた。

ちょっと面白い展開になってきたかも。

なんて考えていることがクラリス姫にバレたら、大目玉だ。

なんとか状況を楽しんでいる気持ちを引っ込める。

さてと――。

クラリス姫は気づいているようには思えないし、僕だけで対処しようか。

となると、まずは族長とふたりきりにならないとね。

僕は口内でサッと詠唱《えいしょう》すると、森の中に風魔法を巻き起こした。

ガサガサと不自然に揺《ゆ》れ動く木々。

それを指さして、怯《おび》えた声を上げる。

『わあ！　な、なに⁉』

「エディ様⁉」

僕の自作自演だとも気づかず、クラリス姫がサッと僕を背に庇《かば》う。

ごめんね、お姫様。

心の中で密かに謝罪して、演技を続ける。

『ねえ、あっちのほうになにかいたよ！　人狼さんかな……』

僕はその言葉に合わせて、さきほど発生させた風魔法の位置を動かした。

これで生物が移動しているように見えるだろう。

『ほら！　逃げていく！』

「くそ、本当だ！　――族長、追わせてください！」

「ああ、人狼だったら生け捕りにして連れてこい」

『はっ！』

竜人たちは手綱《たづな》を引くと、天敵を追い求めて森の中へ向かって行った。

クラリス姫は単純な竜人たちと違い、対処に悩んでいる。

ここに留まるべきか、様子を見に行くべきか。

もし本当に敵が辺りをうろついているのであれば、護衛たちが眠っているこの場所に近づけるわけにはいかない。

でもクラリス姫が様子を見に行けば、僕がここで敵とふたりきりになってしまう。

クラリス姫の近くに寄り添った僕は、声を落とした人間語でヒソヒソと囁《ささや》きかけた。

「見てきていいよ。僕はここで族長さんと待ってるから」

「そんな……！　エディ様ひとりを置いていくことなどできません」

「そのほうが助かるんだ」

「え？」

「僕、族長とふたりで話したいことがあるから」

「……！　まさか今の気配も、エディ様が……？」

僕が無言で笑みを作り、クラリス姫が察することができるよう視線で訴えかけた。

想いが届き、クラリス姫がごくりと喉《のど》を鳴らす。

「わかりました。少しお傍《そば》を離れます」

「うん。行ってらっしゃい」

ひらひらと手を振って彼女を見送る。

森に分け入る直前、クラリス姫が心配そうにこちらを振り返ったので、口の動きだけで「大丈夫。心配ないよ」と伝える。

クラリス姫はしっかり頷《うなず》いて、前に向き直った。

そして彼女の姿も森の中に消えて行った。

これで予定どおり、族長とふたりっきりになれた。

弱い風魔法だって、使い方によっては役に立つものだ。

『ねえ族長さん。僕、少し考えてることがあるんだ』

『ああ？』

『族長さんは一族のみんなを護るために、人狼さんと戦いたいんだよね。それで人狼さんを倒すには、火薬が必要なんでしょ？』

『そうだって言ってんだろうが！　俺は火薬を手に入れるんだ！』

『だったら僕、いいこと思いついたんだ。一族のみんなを護るのが目的なら、人狼さんが火薬を手に入れなければそれですむんだよね』

族長がぴくりと頰《ほお》を動かす。

『なに……？』

『火薬が全部なくなっちゃえば、戦う理由もなくなるはずでしょ。だったらあの火薬、火をつけて消し飛ばしちゃおうよ』

『ああ……!?』

『火薬がなくなれば一件落着だよ』

『なくなる、だと……？　許さん……許さん！　許さんぞ！　あの火薬は俺が手に入れる!!　俺のものにするんだ！』

『ふうん。種族の安全よりも、火薬を手に入れるほうが族長さんには大事なんだね』

『手に入れる……。なにがなんでも……。俺は、俺は……っ』

『犠牲を出して争うより、お互いに放棄《ほうき》するよう話し合うべきなのに。それなら双方に被害が出ないし』

『俺はあれを手に入れるんだあぁァッッ……！』

族長の額にびきびきと浮き上がりはじめた血管に似たもの。

細かい紋様《もんよう》のようなそれは、族長の体に直接刻まれた魔法陣だ。

その魔法陣の隆起《りゅうき》が、族長の脳の辺りまで伸びているのをしっかり確認する。

僕はぺろりと唇《くちびる》を舐《な》めた。

証拠を手に入れたぞ。

『族長さん。やっぱり火薬を欲っしろってて暗示をかけられているんだね』

『ぐ、がああああああ！　あれをぉおおお！　あれをぉおおお‼』

『やれやれ。だんだん会話もままならなくなってきたな』

頭を両手で押さえて、雄叫《おたけ》びをあげる族長には、僕の声など届いていない。

火薬のことを考えると、理性を失うように暗示魔法をかけられているせいだ。

問題は誰がそんな暗示魔法をかけたか。

頭の片隅で犯人を推理しつつ、族長との会話を続ける。

『冷静に話し合うには、あなたにかかった暗示を解かないとだめみたいだね』

『黙れ！　黙れ黙れええええええええっ』

『今ならば竜人の下《した》っ端《ぱ》もいないし、護衛も寝ている。——こそこそと誤魔化《ごまか》さずにやれるから楽だよ』

当然、最初からそのつもりで、クラリス姫や竜人たちを追い払ったのだ。

『さあ、族長さん。その濁《にご》った眼を覚まさせてあげるね』

第二十話

エディVS.竜人の族長

＊＊＊＊＊＊＊＊＊＊＊＊＊＊＊＊＊
名前：エディ
レベル：10【制限中】
職業：賢者《けんじゃ》
体力：１００
魔力量：１５０
魔法：火魔法（弱）、風魔法（弱）、闇魔法（超）、眠り魔法、探知魔法、調査魔法、転移魔法（自）、転移魔法（他）
魔法能力値：２０４５３１【転生ボーナス】
＊＊＊＊＊＊＊＊＊＊＊＊＊＊＊＊＊

攻撃魔法を撃てる回数は、あと五回。
十分だ。
『族長さん。ちょっと痛いけど、我慢《がまん》してね。大人なんだから』

『ふざけるな！　目障《めざわ》りな餓鬼《がき》めッ！』
族長はそう吠《ほ》えると、握り拳《こぶし》を地面に叩き込んだ。
「うわっ……！」
衝撃によって抉《えぐ》れた地面が、土砂を噴き上げながら割れてゆく。
僕は慌《あわ》てて後ろに飛躍したが、子供の足では上手《うま》く回避できない。
「ととと……」
その場でたたらを踏《ふ》み、バランスを取る。
すごいな。
まさかパンチで地面を割るとはね。
とてつもない一撃を見せつけられ、さすがの僕も驚いた。
しかも今のって警告するための一撃だよね？
手加減してあれって……。
ははは。いいな。面白い。
『さっさと引け、小僧《こぞう》ッ！』
『手加減してくれたのに、ごめんね。それはできないよ』
『まだ俺に立ちはだかるというのか！』
『うん。火薬を族長の手に渡すわけにはいかないからね』
僕は敢《あ》えて族長を挑発した。

このまま戦闘に持っていきたい。

ただ対峙《たいじ》しているだけで、彼の隙《すき》を突くのは難しいからだ。

族長の表情がどんどん歪《ゆが》み、目がつり上がっていく。

いいぞ。もっと怒れ。

『くそがあぁッ！　あれを取り上げるつもりなら容赦《ようしゃ》しないぞ……！　あれは、俺のものだあああッッ！』

全身の鱗《うろこ》を震わせて咆哮《ほうこう》した族長が、僕に向かって突進してくる。

巨大な大剣《たいけん》を難なく振り回しているのを見て、思わず笑ってしまった。

重い鎧《よろい》までつけているのに、動きにまったく鈍さがない。

さすがだね。

戦闘種族竜人族《りゅうじんぞく》の長《おさ》だけある。

僕には到底真似《まね》できない戦闘方法だ。

族長が迫りくる。

森の木々がざわめくほどの地鳴《じな》りがする。

こういう相手と、能力を制限された子供っていう縛《しば》りの中で戦うのも、案外面白いかもしれないな。

さあ、どうする？

僕は少し楽しくなってきた。

力の差は歴然《れきぜん》としている。
真っ向から受け止めるのは不可能だ。
これが前世なら、防御魔法で対処していたところだけど。
今の僕に、防御魔法は使えない。
なにか別の手段を――。
『死ねえええええええッ……！』
振りかぶられた大剣。
叩きつけるようにそれが下ろされる。
その直前に、僕は風魔法を族長に向かって放った。
『ぐ、ぐうううううう……ッ!?』
風圧をもろに喰らって、族長の動きが止まる。
このまま完全に吹っ飛ばせるかな？
『ぐ……おおおおおおお！　おおおっ、おおおおおおおおおお！』
おっとー。はは。持ちこたえるんだ？
族長は僕の魔法を耐えきって、さらなる一歩を踏み出した。
僕の間合いに彼が踏み込んでくる。
『大したものだね、竜人の族長。でも……』
残念。

僕は魔法をかなり加減している。
少しだけ魔力を増幅させると、族長はとうとうバランスを崩し、後ろに吹っ飛んだ。
悪いけど、受け身を取らせはしないよ。
だらだらと遊んでいられるほど魔力量に余裕はないし。
吹き飛ばされた族長の体を、今度は上空から風魔法で追い込む。
唐突《とうとつ》に増した落下スピード。
いくら戦闘慣れしている竜人族でも、咄嗟《とっさ》には対処できなかった。
『ぐあッッ……！』
顔面から地面に倒れ込んだ族長は痛々《いたいた》しい呻《うめ》き声をあげた。
巨大な体からは完全に力が抜けている。
ひどい痛みが襲ってきたのだろう。
族長は荒い呼吸を繰り返すばかりで、起き上がることすらできなかった。
さて、この隙に――。
僕は続いて、眠り魔法を発動させた。
ただし今回は族長を眠らせるのが目的ではない。
というか眠り魔法ぐらいじゃ魔族は眠ってくれないしね。
『おお、おおおおおおおおおおおおあああああああああ！』
案の定、族長は眠るどころか、地面を転がりながら咆哮をしはじめた。

まるでなにかに抗《あらが》うみたいに、必死な形相《ぎょうそう》で顔を掻《か》きむしっている。
族長の顔や頭には、浮き出た血管がミミズのように動き回っていた。
消滅寸前の暗示魔法が、彼の体の中で暴れているのだ。
眠り魔法は状態異常耐性を持つ魔族には効きにくい。
だけど『この用途』としてなら、しっかり効果を得られる。
この用途とはつまり、暗示魔法の解除のことだ。
呪いを解除する方法はふたとおり。
解除魔法をかけるか。
別の状態異常魔法をかけるか。
後者の場合、状態異常が上書きされて、先にかけられたものを打ち消してくれる。
状態異常魔法をぶつけるだけで魔法が上書きされるのは、前世で実証ずみだ。
『ぐっあああああああっあああああああああああああ……あ……』
暴れ回る皮膚の中の隆起が、だんだん鎮《しず》まっていく。
僕が黙って見守っていると、族長はゆっくりと地面に倒れ込んだ。
近くにしゃがみ込んでその目を覗《のぞ》くと、ちゃんと視線がぶつかった。
赤茶色の瞳《ひとみ》にしっかりと彼の意思を感じる。
これでもう大丈夫だ。
暗示魔法は完全に解除できた。

『……俺は……いったい、なにを……』

仰向けになった族長が、空を見上げたまま呆然《ぼうぜん》と呟《つぶや》く。

憑《つ》き物が落ちたような表情を見て、こっちも少しホッとした。

『すっきりしたみたいでよかったよ。族長さん』

『竜人族の長を倒すとは……。おまえのような魔法の使い手に出会ったのは初めてだ……』

族長が地面に倒れたまま、僕に視線を移す。

彼の眼差《まなざ》しの中には、戦う前まで虫けらを見下すような感情が蠢《うごめ》いていた。

それが今は消えている。

ただただ圧倒されたというような顔のまま、族長が僕に問いかける。

『小僧。貴様、何者だ?』

僕は肩を竦《すく》めて軽く笑ってみせた。

『僕はただの子供だよ。もうすぐ魔法学院の一年生になる六歳児だ』

第二十一話　犯人捜し

族長は大の字になって倒れたまま、荒々《あらあら》しい息を繰り返している。

『ぐぅ……っ……。はぁ……はぁ……』

『族長さん、大丈夫？　起きられる？』

手を差し伸べて問いかける。

そんな僕に向かい、族長は自嘲《じちょう》するように笑った。

『ふん、体中が痺《しび》れてやがる』

『ごめんね。族長さん、結構強いから。今の僕じゃ加減して勝つっていうのは難しかったんだ。本当は立っていられる程度に、負傷を抑えたかったんだけどね』

目だけがギロリと動いて、僕のことを見てきた。

腹の内を探るような、そんな視線を一身に浴びる。

『おまえ、いったい何者なんだ。くそっ。ただのガキじゃねえだろ……』

ちょっと悔しそうな言い方だ。

感情を隠しもしない素直な族長にたいして、なんとなく親近感がわいてきた。

暗示魔法から解放された状態の彼とは、うまくやれそうな気がする。

『ただの子供に負けたって事実は、受け入れられない？』

族長の鋭《するど》かった眼差《まなざ》しが、まん丸になる。

そんな切り返しを受けるとは思っていなかったのだろう。

族長は『ぶはははははっ！』と声を上げて笑いはじめた。

『っと痛っ……。大笑いすると体に響きやがる』

『そりゃあそうだよ。全身打ちつけてるんだし、そのままだと十日はまともに戦えないと思う』

『おいおい、十日も寝込んでたら人狼《じんろう》に攻め込まれちまうぜ』

『治してあげてもいいよ』

僕が不敵に笑ってみせると、族長は驚いたような顔をした。

『なに？』

『回復させてあげてもいい。ただし条件次第だけど。場合によっては回復しないどころか、あなたをこのまま拘束することも考えてる』

『……ふ』

脅迫されているというのに、族長は面白そうに口元を歪《ゆが》めた。

『……ったく、恐ろしいガキだぜ。この結末もどうせおまえの計画どおりなんだろうよ。力加減が難しかったって話も疑わしいぜ』

『えー？　そんなことないよお？』

僕はやる気のない演技で聞き流した。

本気でごまかす気はない。

どうせ族長は、もう僕のことを無邪気《むじゃき》な子供とは思っていないみたいだし。

『勘違《かんちが》いすんじゃねえぞ。ただのガキに負けるなんてありえねえだとか、余計なことをぐだぐだ言うつもりは端《はな》からねえ。おまえと俺とでは、圧倒的な力の差だった。ひっくり返ってぶっ倒れてる時点で、俺の完敗だ』

なかなか気持ちのいい男だな。

格下の相手の、それも子供に対して負けを認められるなんて。

『それに俺は何者かの手で暗示魔法をかけられてたんだろ？　情けねえ。族長失格だ』

青空を見つめたまま、族長が呆然《ぼうぜん》とした口調で呟《つぶや》く。

暗示魔法をかけられたうえ、僕に負けたせいで自信を喪失《そうしつ》してしまったのかもしれない。

やむをえなかったとはいえ、ちょっと罪悪感を抱く。

でも僕は彼がリーダーに相応《ふさわ》しくないとは思っていない。

暗示魔法には、素直で単純な人間ほどかかりやすい。

僕なんか、前世で何度も実験してみたけれど、一度も暗示にかからなかった。

そういうタイプは、本当の意味で人から信頼されることがない。

逆にこの族長のように真っ直ぐな気質は、一族を引っ張っていく立場に適している。

『まあ、元気出してよ。犯人を見つけて挽回すればいいんだし。というわけで暗示魔法をかけた犯人、疑わしいと思う人はいる？』

『いや。正直まったく思い当たらん。いつ魔法をかけられたのかさえ見当がつかねえ』
暗示魔法は不意打ちでかけられるものだしね。
族長のように強い者でも、四六時中周囲を警戒をしているわけではない。
戦闘中ならともかく、日常生活の中では気を許す場面もあるだろう。
そのタイミングで暗示魔法をかけることは、わりと容易《たやす》い。
もっとも暗示魔法はかなり高等な技術を要するから、使える術者は限られている。
だから、そんなに頻繁《ひんぱん》に危険に晒《さら》されるものでもないんだけど。
『そもそも暗示魔法をかけた動機だって、想像がつかねえぜ』
動機は予想がついている。
ただ族長は嘘《うそ》がつけるタイプとは思えないし、今はまだ伏せておくつもりだ。
『族長さん。僕に協力してくれる気ある？』
『協力？　そうすれば回復してくれるってのか？』
『それだけじゃない。この一件を解決してあげるよ』
『な、なんだって……!?』
だってこのゴタゴタを解決しないと、色々と面倒そうだからね。
人狼族と竜人族《りゅうじんぞく》の争いは、人間界、ひいては僕の平穏《へいおん》な暮らしにまで影響を及ぼす。
煩《わずら》わしさの萌芽《ほうが》を感じてしまった以上、見過ごすことはできない。
『どういうことだ？　解決できるって本当にか？』

『うん』

『くそっ。なんでもないことのように言いやがって……。ただのガキではないと思っていたが、本当にどうなってやがる』

『ただの子供だよ。でも解決方法を閃いちゃったんだ。僕はそれを族長さんに教える。族長さんはその代わりに――』

『代わりに？』

『この一件、僕じゃなくて族長さんが解決したふりをして』

『なんだって⁉』

族長はわけがわからないと言う顔をしている。

『いったいなんのためにそんなことを望む？』

『単純な理由だよ。僕はただの子供だって思われていたいんだ。族長さんの前では戦っちゃったけど、そういうのも基本的にはやりたくない。だって――』

その理由はいたってシンプルだ。

僕は族長の目を見上げてにこっと笑った。

『厄介《やっかい》ごとに煩わされたくはないからね！』

族長は唖然《あぜん》として口を開けたまま、しぱしぱと瞬《まばた》きを繰り返した。

『ぶっ……ははは！　自らの力を誇らないどころか、隠したいとはな！』

『笑いごとじゃないよ』

理性を失った族長が相手だと、クラリス姫では勝てないから、仕方なく力を晒すことになった。

僕からしたら、結構な迷惑を被《こうむ》ったと言える。

『巻き込まれた僕、可哀想《かわいそう》でしょ』

『むう。それは謝るぜ』

族長が負傷した体を庇《かば》いつつ、ゆっくりと起き上がる。

『もうひとつ尋ねたい。なぜ俺に協力する気になった？』

『それは犯人の動機が理由だよ。でもその点に関しては確信があるわけじゃないから、犯人の口から聞いて欲しい』

『ふん……』

『もし犯人の動機が僕の予想したとおりのものだったら、その場合、人間である僕たちにも被害が及ぶんだ』

そんなことになったら最悪だ。

僕の望む平穏な人生を得られなくなってしまう。

『面倒事の種は、早いうちにつぶしておかなきゃ。ね？』

『……っ』

おっと、いけない。

つい殺気《さっき》が漏れちゃったかな。

僕の言葉に、族長はごくりと喉《のど》を鳴らした。

『それでどう？　族長としての責務、果たしてくれる？』

『ああ。当然だ』

族長は緊張を誤魔化《ごまか》すように大きく息をついたあと、ひらひらと手を振ってこたえた。

『俺はおまえに負けた。おまえが協力を願うなら、どんなことにでも手を貸す。命じられたのなら、どんなことにでも従う。覇者《はしゃ》にはその権利がある』

『その考え方はどうかな。だけど今は都合よく利用させてもらうよ』

僕は族長の隣《となり》に座り込むと、一段と声を落とした。

近くに誰《だれ》もいないのはわかっている。

でも念のため。

これからとても重要な種を仕込むんだから、気を抜いてはいられない。

『犯人の目星《めぼし》はついているけれど、まだ断定はできない。だからひと芝居《しばい》打ってもらえる？』

『芝居を打つ？　どういうことだ』

『決定的な発言を引き出したいんだ。族長さんには犯人を追いつめる役を任せたい。どう？　楽しそうじゃない？』

『楽しそうって、おまえ……。とにかく詳しい話を聞かせてくれ』

『僕の計画はこうだ。芝居をうつことで、犯人を罠《わな》にかける。自白に近い供述を引き出せれば僕らの勝ちだ。族長さんも僕の言葉だけじゃ信用できないでしょ。誰が暗示魔法をかけたのか、明確な証拠が欲しいよね』

『おまえは本当に犯人の目星がついているのか?』

『まあね』

これまでの状況が、答えを教えてくれている。

ただ族長がその犯人像を信じるには、まだピースが足りないのだ。

『おまえはどうやって犯人を割り出したんだ?』

『順序立てて考えていっただけだよ。竜人族と人狼族との間で戦が起きればいいと望んでいる者が、必然的に犯人候補として浮上するよね』

『そうだな』

『ほら。わかりやすいでしょ?』

族長は眉根《まゆね》を寄せて、重いため息を吐いた。

今回の状況に一番詳しいのは、他でもない族長のはずなのに、もしかして気づいていない?

『おい、俺でも理解できるように説明してくれ。つまりどういうことだ?』

『え? 今ので犯人絞れなかった?』

『できるかーっ!』

おかしいな。

状況、利害関係、各種族の歴史、それらをふまえれば結論を導き出すのは容易いはずなのに。

『じゃあ、ちょっと長くなるけど説明するね』

『そうしてくれ』

僕は地面にしゃがみこみ、木の枝でがりがりと図を書いた。

『竜神族と人狼族との間で戦が起きることを望む理由。まず最初に思いつくのは、戦によって得られる利益だ』

『うむ。戦は利益のためにするものだ』

『今回の戦いに限定したら、戦をすることでどんな利益を得られるかな?』

族長はふんと鼻を鳴らした。

『火薬だろう』

『そのとおり』

人狼と竜人、両者が弱点とする火。

その火を使って、強力な武器を作りだせる火薬。

手に入れれば、二大勢力の均衡《きんこう》を崩すほどの力となる。

火薬が与える利益は計り知れない。

『戦をして、火薬という利益を得たいのは人狼どもだ! 俺に暗示をかけたのは、やはり人狼か!』

僕は首を横に振った。

『ううん。むしろ人狼たちは候補から外される』

僕は地面に書いた人狼の名前に線を引く。

当然、族長は納得がいかない様子だ。

『俺を陥れるとしたら、火薬を巡って争っているあいつらじゃないのか』

『でもそれだと、戦を有利に導く火薬を手に入れるために、戦を仕掛けたってことになるよ。火薬が欲しいなら、普通は戦以外の手段を考えるはずだ。だって人狼は、火薬を手に入れたあとで戦をしたいはずでしょ？』

『あいつら人狼族だって、俺たち竜人族と一緒で、自分たちの腕っぷしを自慢にしている。得意とする手段で、火薬を得ようと考えただけじゃないか？』

一見筋が通っている意見かもしれない。

でも、違う。

『それにしたって、族長を洗脳して臨戦態勢にするのはおかしいよ。敵にやる気を出させてなんの得があるの？　戦う意思がない敵を、いきなり襲うほうが絶対にいいでしょ』

『む……』

族長は押し黙った。

どうやら、一理あると思ってくれたらしい。

『となると俺に暗示魔法をかけたことは、火薬を望むことと繋《つな》がっていないのか？』

『ご名答』

『だが火薬以外、今回の戦で得られる利益はこれといって浮かばんぞ』

『利益が目的で、戦を起こしたかったわけじゃないとしたら？』

『なに？』

『暗示魔法をかけてまで火薬を求めさせたのは、戦を起こしたかったからだ。その戦を起こすこと自体が目的だったんじゃないかな？　人狼族と竜神族の間で、戦を起こしたがってる者に心当たりはない？』

族長はハッとしたように口にした。

『ヴァンパイアだ！　あいつら、俺たちの利権をいつも横から狙ってやがる。今回もそのつもりで、俺たちをつぶし合わせようとしたんじゃねえか⁉』

『ありえるね。相打ちを仕掛けて共倒れしたところで、美味《おい》しいものを掻《か》っ攫《さら》っていく』

『くそ……！　卑怯者《ひきょうもの》のヴァンパイアどもめ！』

『――とまあ、それならよかったんだけどね』

『あ？』

僕はヴァンパイアの文字にも斜線を引いた。

『僕も最初はヴァンパイアかなと思った。でもいくつか引っかかる点があったんだ』

初対面の僕が見ても、明らかに様子がおかしかった族長。

その場で確認したところ部下たちもそれに気づいていた。

なのに彼らはなにも対処していなかった。

『どうして族長さんの仲間たちは、族長さんの洗脳に気づかなかったの？』

『それは……』

彼らは族長とずっとともにいたはずだ。

族長の態度には、おそらく何度も違和感を覚えたはず。

なのに、どうして誰も指摘しなかったのか。

『もしかすると、俺が恐ろしかったんじゃねえか。自分が威圧的な長《おさ》だという自覚はある。そうやって下のもんをまとめてきた。だからあいつらもなにをされるかわからないと怯《おび》えて、おかしいと思っても言い出せなかったんだろうよ』

『族長さんはたしかに怖そうだけど。それでも聞く耳を持たない独裁者というタイプじゃないよね？　今まではどうだった？』

族長がハッと目を見開く。

『側近たちは……俺が間違っていると感じたとき、殴られる覚悟で進言してくれたこともあった』

なら、側近が怯えて意見できないということは考えづらい。

竜人たちが全員そんなにポンコツだったら、いくら戦闘能力が高いって言ったって、ここまで種族が繁栄しなかったと思う。

とくに竜人族が敵対している人狼族にはキレ者が多い。

『誰ひとり族長の暗示魔法に気づかないほど竜人が愚かなら、侵略されてたんじゃないかな？』

『聞き捨てならねえなあ。精鋭《せいえい》部隊にはちゃんと頭脳派だっている。竜人は戦闘ばかりの民族じゃねえぞ』

『へえ』

族長から得られた新しい情報は僕を喜ばせた。

『じゃあなんでその人たちは、暗示魔法に気づかなかったの』

『ぐ……』

『それとも気づいているのに、知らないふりをしてたのかな?』

族長が押し黙る。

僕は、人狼と吸血鬼に斜線を引いた地面に、名前を追加した。

新たな犯人候補、それは――。

『戦を求める理由は、利益のためとは限らない。たとえば嫌いな種族を消滅させたいという願望も、動機としては十分ありえるものだよ』

『……なにが言いたい』

『今まではどんなに人狼族をつぶしたいと思っていても手出しできなかった。だけどここにきて、火薬を巡る対立という恰好《かっこう》の動機が見つかった』

これは千載一遇《せんざいいちぐう》のチャンスだ。

『僕がなにを言いたいか、族長も、もうわかってるよね』

族長の放つ空気に殺気《さっき》が混ざる。

彼の目は怒りに燃えたまま、地面に追加された名前を見つめている。

まだ斜線のついていないその犯人候補者は、――竜人族。

『おい。俺の種族を侮辱《ぶじょく》するな。許さねえぞ』

低い声でそう言い放った族長は、必死に腕を伸ばして、地面に落ちている大剣を摑《つか》んだ。

体はボロボロなままなのに、怒りが族長を突き動かしているのだ。

怒る気持ちはわかる。

僕は諭《さと》すように言葉を続けた。

『侮辱してるわけじゃないから落ち着いて。族長なら、種族全体を護るためにどうすべきかを考えないと』

もし本当に裏切り者がいて、戦を起こすよう仕向けていたのなら？

信頼だの仲間意識だのを理由に目を逸《そ》らした問題が、やがて種族を滅ぼすことに繋がる。

『種族全体のために……』

族長は葛藤《かっとう》を抱えて、黙り込んだ。

種族全体の未来を想う気持ちと、仲間を疑いたくない感情が、心の中で拮抗《きっこう》しているのだろう。

それでも乗り越えてもらわないとならない。

彼は族長なのだから。

僕が黙って見守っていると、族長は瞳《ひとみ》を揺らしながら顔を上げた。

『あいつらは俺の部下だ』

『ならなおさら僕に協力して欲しい。族長に芝居をしてもらうことで、答えは出るんだ』

族長は怒りを逃すように、深く大きな溜め息をついた。

『弁が立つガキだ。もしおまえになにか別の思惑《おもわく》があって、俺を騙《だま》そうと考えているなら、俺はまんまと罠に嵌《はま》るだろうな』

『まあ、それができる自信はあるけど。でもやらないよ』

求めてるのは平穏だからね。
族長は渋々《しぶしぶ》こう言った。
『わかった。おまえの案に乗ろう。俺はどうすればいい？』
『ありがとう。族長。感謝するよ』
僕は地面に新しい文字を書きはじめた。

第二十二話　吹っ飛ばす

僕が族長に計画の内容を説明し終えたとき、森の中から足音とともに話し声が聞こえはじめた。

ちょうどいいタイミングだ。

あとはよろしくという意味を込めて族長に視線を送る。

族長は大剣《たいけん》を支えにしてゆっくり起き上がった。

苦悶《くもん》の表情から、体中が痛んでいるのだとわかる。

僕は、気力を総動員して立ち上がった族長を見直した。

これが族長のプライドってことか。

『すごいね、族長さん。その状態で動ける人はなかなかいないと思うよ』

『ふん』

まず最初にクラリス姫が姿を見せた。

族長が傷だらけなのを見て、クラリス姫はなにかを察したらしい。

続いてやってきた竜人たちは、負傷している族長に気づくなり絶句《ぜっく》した。

「……っ！　族長!?　いったいなにがあったんですッ!?」

「誰《だれ》があんたにこんな傷を！」

「ええい、うるさい。わめくな。別に大したことはない」

まさかその言葉を鵜呑みにできるわけもない。

族長から詳細を聞き出せないとわかると、竜人たちは慌《あわ》てて僕を振り返った。

『おい小僧《こぞう》、族長はどうしたんだ⁉』

『誰に襲われた⁉』

『んー、僕もわかんなーい』

こういうとき、子供だと得だ。

まったく論理的じゃない発言で空とぼけても、わりとなんとかなるのだから。

「そんなことよりおまえら、これから陣に戻るぞ」

「えっ。陣にですか？」

「こいつらも連れていく。眠っている人間どもも馬に乗せろ」

「ええぇ⁉」

竜人《りゅうじん》たちは露骨《ろこつ》に不満そうな声をあげたが、族長がひと睨《にら》みすると、大人しくなって彼の指示に従った。

◇◇◇

一時間後。

僕らは、竜人たちの先鋭《せんえい》部隊が待機している駐屯《ちゅうとん》地に到着した。

僕たちは注目を浴びながら陣の中に通された。

「おい、人間だぞ⁉」

「なぜ人間が我らの陣に？」

「いったい族長はなにを考えているんだ？」

「気絶してる人間もいるぞ。自分で歩いてるのは女とガキだけだ」

「捕虜《ほりょ》じゃないのか？」

森の中に作られたこの駐屯地には、いくつもの天幕《てんまく》が設置されている。

僕たちが案内されたのは、中央に設置された一番大きなものだった。

幕の内には大きな机が設置されており、付近の地図が広げられていた。

並べられたコマを見れば、練られた戦略を推測するのも容易《たやす》い。

というかよく僕らを、この陣の中へ通したよね。

これって族長からの信頼の証《あかし》と受け取ればいいのかな。

僕がびっくりしてるぐらいだから、当然、竜人たちの動揺はかなりのものだ。

しかし族長は彼らが問いかけるより先に、有無《うむ》を言わさぬ感じで命を下した。

「今すぐ全員集めろ！」

みんな聞きたいことが山ほどあるという顔だが、聞きかえせるような状況ではない。

竜人族の兵士たちは、無言ですぐさま行動を開始した。

部隊が整列するまで、一分とかからなかった。

統率は完璧に取れている。

この軍は強い。戦わずとも察せられた。

「エディ様。みなさん大きいので、圧倒されますね」

「うん。戦のために武装してるから、なおさらだね」

それにしてもさすがの迫力だ。

最前列に並んでいるのが、精鋭《せいえい》部隊だろうか。

僕たちが最初に遭遇した竜人たちも含めて、その数、総勢二十人ほど。

鎧《よろい》の色の違いと、手にした武器の大きさから、一般兵との格の違いがわかる。

クラリス姫は僕の隣《となり》にぴったりと寄り添ったまま、警戒している。

ちゃんと状況を説明してあげられる機会がなくて申しわけない。

それにしても僕が伝えた「大丈夫だから」という言葉ひとつだけで、竜人族の駐屯地までついてきてくれるなんて。

「エディ様を信じていますので」と言って微笑《ほほえ》んだクラリス姫の信頼を裏切るわけにはいかないと、僕は改めて思った。

クラリス姫のことも護衛たちのことも、僕がしっかり護るつもりだ。

ちなみに護衛たちは目を覚ましていて、戸惑《とまど》った様子ながらもクラリス姫を護るべく傍《そば》に控えている。

竜人族に認められたのは、クラリス姫のおかげだということにしてもらった。

クラリス姫には「エディ様の功績なのに」と反対されたけど、族長のとき同様、そういうことにしておいて欲しいと頼んで、なんとか承諾してもらった。

兵士たちがそろったところで、族長は開口一番、言い放った。

「人狼《じんろう》族との戦は中止だ」

宣言された瞬間、部隊全体がざわついた。

僕が族長に頼んだひとつ目の行動がこれだ。

戦の中止を兵たちの前で宣言すること。

単に僕たち人間側の望む展開にしたくて、そう求めたわけではない。

「お言葉ですが、族長」

真っ先に口を開いたのは、族長が側近だと言っていた長身の竜人だ。

「そのような決定、側近である私にひと言の相談もなく決断なさったのは、さすがに納得がいきません」

「誰に相談するまでもない。中止と言ったら中止だ。そもそも戦をする理由がなくなったのだからな」

「な……⁉」

精鋭たちが目を見開く。

「長年の宿敵である人狼をつぶそうと決起を促したのはあなたではないですか！　まさかここにき

て怖気《おじけ》づいたとでも？」

「族長、あんたらしくもない！」

「火薬を手に入れて人狼たちを一掃《いっそう》できる好機なのですよ！」

精鋭部隊と思しき面々が、次々に不満の声をあげる。

一般兵たちは固唾《かたず》を呑《の》んで、そのやりとりを見守っていた。

族長はわき上がった反論をひととおり聞き終えたあと、改めて口を開いた。

「その火薬についてだが、知らせておくことがある。俺は何者かの手で、なにがなんでも火薬を求めるように、暗示魔法を掛けられていた」

「なんだって……⁉」

「その結果、俺は理性を失い、火薬を手に入れるために戦を仕掛けようと躍起《やっき》になった。どうやら暗示魔法をかけた者は、そうまでして竜人族と人狼族との間に戦を起こしたかったらしい」

なにも聞かされていなかったクラリス姫や護衛たちは、言葉を失ったまま、緊張した面持《おもも》ちで事の成り行きを見守っている。

「いったい誰がそんなことを！」

「許せねえ、俺たちの族長に手出しするなんて！」

嚙みつかんばかりの勢いで精鋭部隊たちが吠《ほ》える。

族長は言葉を続けた。

「俺に暗示をかけたのは、当然ヴァンパイアどもだ」

間髪《かんぱつ》入れずに、声が上がる。

「やはりそうか！　ヴァンパイアの連中……！」

「たしかにあいつらは我らと人狼族が戦になれば得をするな！」

「それをたちまち見抜くとは、さすがは族長だ！」

「俺たちはあいつらの策に踊らされていたのか！」

族長はふんと鼻を鳴らした。

「戦をする必要がないことはわかったな。であれば撤退だ」

「しかし族長！　火薬はどうするというのですか⁉　それに人狼族だって陣をくんでいます。今さら引き下がるのは、我ら竜人族の沽券《こけん》に関わるのでは⁉」

長身の男が精鋭部隊を代表して意見を言う。

周りの者たちは同じ考えを持っているというように頷《うなず》いている。

それに比べて、一般の兵士たちは呆然《ぼうぜん》と立ち尽くしたままだ。

飛び交う意見に耳を傾け、状況を理解するだけで精いっぱいなのだろう。

族長は腕を組んで、ゆっくりと部隊全体を見回した。

「沽券に関わる、か。するとおまえらはやはり戦をこのまま続けることを望むか」

「もちろんです！　あんたがいる限り俺たちは負けねえ！」

「ここまできたら人狼を倒して、その勢いのままヴァンパイアも滅ぼしてやろう！　なあ、みんな！」

精鋭部隊たちが後ろを振り返り、一般兵に向けて呼びかける。

一般兵たちは戸惑ったように顔を見合わせたあと、そうしなければまずいというように遅れて声を上げはじめた。

「じ、人狼を殺せ……！　ヴァンパイアをつぶせ！」

「つぶせ！　つぶせ！」

まるで流行《はや》り病のように、興奮が広がっていく。

足を踏《ふ》み鳴らし吠える兵士たちの轟音《ごうおん》が、地面を揺らした。

自分の頭で考え、戦をすべきだと結論づけた一般兵がいったい何人いることやら。

僕らは今、集団心理と伝染する悪意の恐ろしさを目の当たりにしているのだ。

そのとき、堪《こら》えきれぬというように族長が兵士たちを一喝《いっかつ》した。

「黙《だま》れッ、バカ者どもがッ！」

高揚《こうよう》していた兵士たちが、ぴたりと動きを止めた。

唐突《とうとつ》に訪れた静寂《せいじゃく》。

「話は終わりだ。一時間後、撤退の準備をはじめるからそのつもりでいろ」

再び起こる不満を滲《にじ》ませたざわめき。

しかし族長は聞く耳を持たぬというような態度で、天幕の中に戻って行った。

僕ら人間は、族長の指示のもと待機用の天幕へ案内された。

「姫。これ以上ここに留まっているのは危険なのではないでしょうか？」

護衛のひとりが、心配そうに問いかける。

「竜人たちの撤退をこの目で確認しないことには戻れません。安全だと思っているわけではありませんが、竜人たちが我らを殺すつもりならば、どう足掻《あが》いても逃げ出すことは不可能でしょう」

「そ、それは……」

話し合いをはじめたクラリス姫たちの隙《すき》をついて、僕はこっそり天幕を抜け出した。

向かったのは、当然、族長のいる天幕だ。

族長が手配してくれていたおかげで、咎《とが》められることなく中に入れた。

見張りは当然、怪訝《けげん》そうな顔をしていたけれど、人間とはいえ相手が子供だから警戒はしなかったみたいだ。

今日一日で、子供であることの利便性について結構学べた気がする。

族長は予定どおり、ちゃんと人払いをした状態で、ひとり武器の手入れをしていた。

「雑念を払うにはこれが一番だ」

こちらを振り返ることなくそう言う。

僕は族長の隣に立って、磨《みが》かれた大剣を覗《のぞ》き込んだ。

ここから軍の本隊が待機している場所までは、一時間かからないと族長から聞いている。

本体と合流し、戦の中止が宣言されたら、その状況を覆《くつがえ》すことはほぼ不可能になる。

いくら族長といえど、三千人近い部隊を前にして、「戦をやめる」「やはり戦をする」といった調子で、コロコロ意見を変えられるわけもない。

もし犯人が戦を中止にされたくないのなら、動く機会はもう今しかなかった。

そう考えながら、しばらく待っていると、予想どおり相手が罠《わな》にかかった。

「族長。よろしいですか？」

天幕の外から声がかけられる。

僕がサッと幟《のぼり》の裏に身を潜《ひそ》めたのを確認して、族長が「入れ」と返した。

「失礼します」

やってきたのは長身の側近をはじめとする、精鋭部隊の面々だ。

「先ほどの族長の判断ですが、私たちは英断だと感じました」

「ふん」

「我らも人狼族と長年のしがらみを捨て、手を組む時期です」

代表者としての意見を伝えながら、側近が族長に近づいていく。

「私たちは族長を支持いたしますよ。初めに聞いたときはさすがに驚きましたが」

「そうか」

族長は武器の手入れをしたまま、顔を上げもしない。

すべて打ち合わせどおりだ。

「我ら竜人族の未来は明るいです」

「当たり前だ。俺には頼れる側近や精鋭部隊がついているからな」

「ええ。おっしゃるとおり」

側近が族長に手を伸ばす。

「それにしても、どうされたのですか？　この傷は」

「なんでもない。かすり傷だ」

「かすり傷ということもないでしょう。回復いたしますのでお待ちください」

側近の手を覆《おお》うように、光が滲みはじめる。

光は手首のあたりで腕輪のような形になったあと、今度は指先に集まっていった。

光が放たれようとしたその瞬間――。

「ぐあ⁉」

勢いよく振り返った族長が、有無を言わせぬ力で側近の手を掴《つか》んだ。

「おまえたちに裏切られているなんて、この目で確かめた今も受け入れがたいな」

族長の瞳《ひとみ》には静かで深い怒りが滲んでいる。

仲間を信じていたからこそ、許せないのだろう。

辛いだろうけど、あなたが受け止めてくれなくちゃ先には進めない。

さあ、族長。

犯人を糾弾《きゅうだん》してくれ。

「俺に暗示をかけたのはヴァンパイアなんかじゃない。おまえら、精鋭部隊の犯行だったんだな」

族長が掴んだ側近の手には、族長がかけられていた暗示魔法の紋様と同じものが浮かんでいた。

「ぞ……族長！　ち、違うのです、これは！」

「なにが違うんだ？　この紋様、言い逃れはできんぞ」

「これは……っ。し、しかし犯人はどう考えてもヴァンパイアだと、族長もおっしゃっていたではないですか！」

「もし本当にヴァンパイアの仕業なら、おまえたちは様子がおかしくなった俺に対してもっと違った対応をしていたはずだ。今のようにヴァンパイアに罪を着せようとしたんだろう。手の込んだことをしやがって」

「私たちがなんのために族長を裏切ると言うのですか⁉」

「戦争をしたかったんだろう？　人狼と」

「……っ」

「今、このタイミングで俺に暗示魔法をかけ直そうとした。それがなによりの証拠だ」

側近をはじめとする精鋭部隊の面々は、言い返せず押し黙った。

「本陣と合流する前に、おまえらは再び洗脳しに来ると踏んでいた。本陣に状況が伝達され、撤退がはじまったあとに俺をおかしくしても時間の無駄《むだ》だからな」

「待ってください、族長！　これにはわけが……！」

「見苦しく言いわけをするのはやめろ」

族長は失望の滲んだ声で、静かに言い放った。

「我ら竜人族の間でもっとも重い罪はなんだかわかっているな？　――裏切りだ。その罪を犯した者がどうなるのかも、承知の上だろうな」

「……！」

裏切った者がどうなるか。

族長がはっきりと口にしたわけではない。

ただその場に走った緊迫感と、精鋭部隊たちの青ざめた顔を見れば予想がつく。

……処刑されるんだね。

族長の気持ちを考えると、こちらも辛い。

でも種族の長《おさ》を暗示にかけ、操って、あろうことか戦を起こそうと企んだ。

そんな者たちを生かしておけるわけもない。

上に立つ者の辛いところだな。

集団を護るためには、時には無情な判断を下す必要もあるのだ。

「聞いてください、族長！　たしかに俺たちは族長に暗示をかけました。理由も族長が話したとおりです。だがそれはすべて竜人族のためを思ってしたことなんです！」

「ほう？」

「いつまでも人狼やヴァンパイアにナメられていては、竜人の誇りに関わるでしょう⁉　とくに魔王が消滅した今こそ、我らが名を上げるチャンスなんですよ！　族長、これはあなたのためを想ってしたことなのです！」

「俺のため？　俺のためであれば、俺を洗脳して無様な姿を晒《さら》させようなどとは思わんだろう」

いよいよ言いわけの言葉が出尽くしたようだ。

天幕の中に沈黙が訪れる。

「話は終わりだ。来い」

族長がゆっくりと立ち上がる。

手入れしたばかりの大剣は、鞘《さや》に戻されることなくごつい指に握られたままだ。

この場で刑に処す気なのか。

僕がそう察するのと同じタイミングで、不意に精鋭部隊の竜人たちが雄叫びに近い声を上げた。

「くそ。こうなったら止むをえない！　族長、お覚悟……ッ！」

ああ、まったく。

死なばもろともってやつか。

族長はとっさに大剣をかまえたが、体中に痛みが走ったのだろう。

低いうなり声をあげて、舌打ちをした。

ボロボロの族長に向かって、精鋭部隊の面々が容赦《ようしゃ》なく襲い掛かっていく。

殺《や》らせはしない。

僕は幟の後ろから手をかざして、風魔法を放った。

精鋭部隊の男たちは、強烈な突風に巻き上げられ、一瞬で天幕の外まで吹き飛ばされた。

騒ぎを聞きつけて、すぐに兵士たちが集まってくる。

これでもう精鋭部隊たちは、なんの手出しもできない。

『今の風も、小僧の仕業か』

族長はひそかにそう呟《つぶや》くと、いまだ幟の後ろに隠れている僕のほうを振り返った。

『俺の一族の精鋭部隊だぞ？　それをいとも容易く吹き飛ばすとは……』

げげっ。

僕に話しかけたらだめだってば……！

ひょこっと顔を出した僕は、人差し指を口に当ててしーっと囁《ささや》いた。

今のだって、僕の魔法じゃなく、族長が殴り飛ばしたことにしてもらわないと困るのだ。

意図が通じたらしく、族長はぐむっと唸《うな》って、頭をかいた。

『ったく、この分だと俺との戦いでも、大方手加減してたんだろうな。くそっ。化け物みたいなガキと出会っちまったもんだ』

おいおい、化け物って……。

幼気《いたいけ》な子供を捕まえて、ずいぶんな言い草だなあ。

僕はそんなことを思いながら、軽く肩を竦《すく》めたのだった。

第二十三話

魔王城、木っ端みじんになる

精鋭《せいえい》部隊の面々は拘束され、竜人族《りゅうじん》の里にある牢獄へと護送されることになった。

処刑は、人狼族《じんろう》とのいざこざが解決したあとに執り行われるらしい。

竜人族の兵士たちは、仲間のうちから裏切り者が出た事実に、かなり動揺していた。

皆、意気消沈して、不安そうな顔をしている。

正直、居心地が悪い。

とはいえ、こんな雰囲気《ふんいき》になるのも当然か。

裏切り者が出たことだけじゃない。

火薬を巡る人狼との問題は、まだまったく解決していないのだから、どうしたって重苦しい空気になるだろう。

しかも精鋭部隊に属する優秀な兵たちが、まとめて二十人も捕えられてしまったのだ。

人狼たちのほうはまだ戦をするつもりで、陣をかまえたままだというのに。

これからいったいどうすればいいのか。

竜人族の兵士たちの間には、戸惑《とまど》いの沈黙が漂っていた。

『情けねえ。俺が不甲斐《ふがい》ないばかりに……』

兵士たちの様子を眺《なが》めて、族長がぽつりと漏らす。

『まあ、仕方ないよ。失った信頼は取り戻せばいいんじゃない？』

『簡単に言ってくれるな』

苦笑が返ってくる。

族長自身、それ以外方法がないことは百も承知なのだろう。

そういえば族長の傷は、本陣と合流してすぐ、回復士によって治療が行われたのだった。

治療の前に、『俺の傷が回復したら、再びおまえに挑んでくるかもしれないのに、回復させていいのか？』なんて尋ねられ、僕はちょっと笑ってしまった。

そんなふうに律儀《りちぎ》に尋ねるような相手が、回復させた途端襲い掛かってくる確率は相当低いよ。

もちろんゼロってわけじゃないけど、そのときにはまた対処するから裏切られたって問題ない。

『せめて火薬をどうにかできればな。万が一、人狼どもが火薬を手に入れると大変なことになる』

『族長、今も火薬を欲しいと思ってる？』

そう問いかけると、族長は黙って首を横に振った。

『どちらかが火薬を手に入れてしまえば、せっかく守られてきた均衡が崩れてしまう。いっそのこと、火薬などなければな』

深いため息が族長の口から零《こぼ》れる。

その横顔を見守りながら、僕は珍しくおせっかいを焼きたい気持ちになっていた。

この気持ちがいい男に、もう一度、手を貸すのも悪くはない。

『すまん。こんな弱音を聞かせちまって。俺がここでグダグダ抜かそうが、火薬が存在している事実はどうにもならないってのに』

『そうかな？　火薬、なくしちゃえばいいんじゃない？』

『んだと？』

『火薬なんかなければいい。族長さんの言うとおりだよ。僕だったらその道を選ぶ』

『んなこと言ったって、どうすれば……』

『僕に考えがあるよ』

『な⁉』

族長が信じられないものを見るというような顔で、僕をまじまじと眺めてきた。

珍獣みたいな扱《あつか》いはやめて欲しい。

ようするに戦をせず、火薬だけなくしてしまえばいいのだ。

そのぐらいなら容易《たやす》いよ。

◇◇◇

——数時間後。

僕は族長とともに、魔王城の右手に設置された陣の近くにいる。

ここは最前線。

魔王城の左手側には、人狼族の陣営が目視できる。

ちなみにクラリス姫たちは、本陣で待機してもらっている。

『さて』

僕たちが近づけるのはここまで。

いっぽう人狼族のほうも、城を挟んで反対側、似たようなギリギリの位置に先陣を置いている。

『小僧《こぞう》、これからどうする気だ？』

『この場から遠隔魔法を使って、火薬を爆破させちゃうよ。魔王城ごとね』

族長はぽかんとしたあと、慌《あわ》てたように言った。

『いくらなんでも距離が遠すぎるだろう！　それに場所もわからん火薬庫に、どうやって当てるんだ⁉　的確に狙い打つなんて不可能だ！』

『そんなことはないよ』

僕は本陣でもらっていた魔王城の見取り図を取り出した。

『火薬庫の位置は、多分ここだよ』

『なぜわかる？』

『湿気《しっけ》が少なくて、万が一のときに爆発しても城が全壊しない場所という条件が必要だからね。ここしかないよ』

『なるほどな……。ただ場所がわかっても、ここから魔法で狙うなんて無理だろ。届くわけがない』

『なんで？』

僕が首を傾《かし》げると、族長は顔を引きつらせた。

『なんでって……。まさか、おまえには可能なのか？』

僕は頷《うなず》いてから、族長に問いかけた。

『それで？　火薬、吹き飛ばしちゃってもいいの？』

『頼めるのであれば。不要な争いを招《まね》くくらいなら、新たな力などないほうがいい』

『わかった。じゃあ任せておいて』

念のため探知魔法で城内の様子を確認する。

よかった、生き物の気配は一切ないな。

『ねえ、族長。ちゃんと人狼たちに見えるかな？』

『ああ。陣を設けているのは丘の上だ。あそこからは、魔王城を一望できる』

いよいよ計画を実行するときがきた。

僕は族長に対し、僕の言ったとおり叫んでくれるよう頼んだ。

『さあ族長、いくよ！　人狼族の陣まで聞こえるよう、大きな声でね！』

『あ、ああ……』

『せーの！』

『人狼族よ！　魔王城を見るがいい！　種族間に芽吹《めぶ》いた禍《わざわい》の種は、竜人族の長《おさ》である俺が吹き飛ばしてみせようッ‼』

辺りの山々に族長の声がこだまする。

遠目から見ても、人狼族の陣に動揺が広がっていくのを感じ取れた。

次は僕の番だ。

僕はタイミングを見計《みはか》らって火魔法を放った。

稲妻《いなずま》みたいな火花が宙を走り、魔王城めがけて飛んでゆく。

まるで流れ星みたいに。

前世から、魔法のコントロールには自信があった。

うん、狙ったとおりだ。

僕の放った火魔法は、火薬庫だと当たりをつけた場所に命中した。

一瞬間を置いて、何重《いくえ》もの爆発音が響き渡った。

火魔法が城に当たったぐらいで、あんな轟音《ごうおん》はしない。

よし。ちゃんと火薬に着火できたな。

安心する僕の目の前で、爆発によってわき上がった炎が、魔王城を覆《おお》い尽くしていった。

これで災厄《さいやく》の種は消滅した。

思ったよりあっけなかったな。

『小僧！　おまえというやつは、どこまで底が知れぬのだ！　これだけの距離があるというのに。それもたった一発で命中させたのか⁉』

『せっかくだし、もっとハラハラさせたほうが楽しかった？　わざと外して『残り二発しか撃てない……！』とかってね』

『奇跡のような技を見せておいて、軽口を叩くとは、本当にとんでもねえガキだぜ』
さあ、あとは人狼族の出方次第だ。
僕と族長は、そのまま待った。
静かな時間が過ぎていく。
それからしばらくして、火薬の爆発した硫黄《いおう》の臭《にお》いがこの辺りまで漂いはじめた。
そろそろかな。
探知魔法を発動させて確認する。
ああ、やっぱり。
読みどおり、人狼族が拠点から撤退していくのが見て取れた。
『今のでちゃんと諦《あきら》めてくれたみたいだよ』
『人狼族の動きまでわかるのか？』
『まあね。人狼族は下山をはじめている』
『……っ。そうか……』
族長は安堵《あんど》したように、深いため息をついた。
ここに来て初めて族長が見せた穏《おだ》やかな表情だ。
『これで一件落着だね』
族長が感慨《かんがい》深そうに頷くのを見て、僕は心の中で思った。
戦にならずにすんでよかったね、族長。

第二十四話

闇の支配者、密かに誕生する

離れた陣で火薬の爆発を見守っていた竜人《りゅうじん》たちは、驚きと喜びをもって族長と僕を出迎えてくれた。

「族長、驚いたよ！　まさか魔王城ごと戦の火種を爆発させちまうなんてな！」

「しかしいったいどうやったんだ⁉　族長、魔法は使えないはずだし……」

「う、そ、それは……」

族長が気まずげに眼を逸《そ》らす。

魔法を使えないことはもちろん聞いている。

これに関しては族長が上手《うま》く言いわけをする段取りになっているのだけれど、助っ人をしたほうがよさそうだ。

『族長さんの魔法、本当にすごかったよねえ！　僕びっくりしちゃった！』

『なに、族長の魔法だって？』

僕の言葉にざわつく竜人たち。

僕はわざとらしく「あっ！」と息を呑《の》んで、両手で自分の口を塞《ふさ》いだ。

もちろん演技だ。

『ごめんなさい族長さん！　族長さんが魔法を使えるようになったこと、内緒にして欲しいって言われたのに。僕うっかりしゃべっちゃったよ』

『族長が魔法を⁉　どういうことだ⁉』

『僕、族長さんと約束したんだ！　みんなの前では今でも魔法を使えないことにして欲しいって。ただでさえ強い族長さんが魔法まで使えるようになったなんてわかったら、大騒ぎになるからって。火薬みたいに不要な争いの種になったら大変だもんね』

不要な争いの種なんて言い回しは子供っぽくなかったかも。

でも僕の嘘《うそ》は、竜人たちを信じ込ませるのに十分だったらしい。

「す、すげえ族長！　いったいいつ魔法を使えるようになったんだ⁉」

「あ、ああその……ど、どうやら洗脳がきっかけだったらしい。いつのまにか魔法が使えるようになっていたんだ」

「さすが俺たちの族長だ！」

「人狼《じんろう》族も尻尾《しっぽ》を巻いて逃げていきやがったしな！」

「これで無駄《むだ》な戦を避けられたな。全部、族長のおかげだ」

前線にいた軍を引き連れて本陣に戻ったあとも、族長への賞賛《しょうさん》の言葉は尽きなかった。

精鋭《せいえい》部隊の裏切りが落とした影も、この一件で見事に払拭《ふっしょく》されたと言える。

族長は時々居心地悪そうに僕をチラチラと見てきたけれど、もちろん知らんぷりでやり過ごした。

駄目だよ、族長。

本当は僕がやったなんてバラすのは、ルール違反だ。

今回の手柄《てがら》は全部、族長のものにする。そういう条件で手を貸したんだからね？

族長は困り顔で頭をガシガシと掻《か》いたあと、部下たちに向き直った。

「あー……。皆の者、すまなかった」

「族長……!?」

英雄のように扱《あつか》われていた族長が頭を下げたことで、竜人たちは驚きの声を上げた。

「暗示魔法をかけられるほど隙《すき》があったこと、申しわけなく思っている。族長として裏切り者の存在にも、もっと早く気づくべきだった」

「そんな……。族長は悪くない！」

「あんな卑劣《ひれつ》な手を使った精鋭部隊が悪いんだ！　精鋭部隊を選んだのは先代だろう？」

「その精鋭部隊を使い続けたのは俺だ。俺も見る目がなかったということだ」

族長は頭を上げ、一同の顔を見回した。

「これからは俺ももっと心を入れ替えて、一族のために働くつもりだ。俺を支えてくれるか？」

「ああ！」

「もちろんだ！　俺たちはあんたについていくぜ！」

竜人たちが族長を再び取り囲むのを見ながら、僕はそっとその場を離れようとした。

ところが――。

『人間の客人たちよ。竜人族の集落に一緒に来てもらおう。そのあと歓迎の宴《うたげ》の段取りを決めたい。

人間好みの料理はどんなものか教えてもらおうじゃないか』

クラリス姫をはじめとする人間サイドは、族長の言葉に驚きを隠せなかった。

今日一日でだいぶ距離感が縮まったとはいえ、魔族が人間を宴に招《まね》くなんて前代未聞だ。

クラリス姫は慎重な言葉で族長に問いかけた。

『竜人族の長《おさ》、そこまでしてもらってよいのですか？　人間を歓迎したりしたら、まずいのでは？』

『そのことについても考えている。悪いようにはしない』

『どうする？　クララお姉ちゃん』

敢《あ》えて偽名《ぎめい》を使って問いかける。

クラリスは身分を偽《いつわ》っていても、実際のところは一国の姫君だ。

単なる女騎士ではない。

彼女が魔族の招待を受け、親交を結ぶことの影響力を意識して欲しくてそうしたら、聡《さと》いクラリス姫はすぐに僕の意思を悟ってくれた。

考え込むように瞳《ひとみ》を伏せたあと、顔を上げたクラリス姫の目には、強い決意の色が浮かんでいた。

『族長。集落へお招きいただく前に、お伝えしたいことがあります』

『なんだ？』

『私はメイリー国の姫、クラリス。この度は視察のため、身分を偽り国境付近にまいりました』

「ひ、姫様⁉　そのようなことを明かしてはなりませぬ！」

公用魔族語はわからなくても、『クラリス』という単語は聞き取れたのだろう。

護衛の騎士たちが慌《あわ》てて止めに入る。

けれどクラリス姫は、落ち着いた態度で首を横に振ってみせた。

「竜人族は私たちを招いてくださるとおっしゃっている。であればこちらも身分と目的を偽るわけにはいきません」

クラリス姫は堂々としていた。

王族の威厳に満ちた姿を前に、護衛たちも口を紡《つむ》ぐ。

『私どもを偶然知り合った人間としてお招きいただくか、メイリー国の視察に来た姫一行として見ていただくか。ご判断は、族長にお任せいたします』

人間の姫を客としてもてなすということは、人間の国と国交を持つということになる。

族長は相当大きな決断を強いられている。

ところが彼は、間髪《かんぱつ》入れずに恭《うやうや》しく一礼した。

『もちろん歓迎しよう。クラリス姫』

人間であるクラリス姫を、騎士ではなく、姫として歓迎してくれた事実。

今この瞬間、確実になにかがはじまったのを僕は感じた。

僕だけじゃない。

おそらくこの場にいる誰《だれ》もが気づいたことだろう。

◇◇◇

竜人族の里に到着したあと、僕らは族長の屋敷に招かれた。

「わ。すごい」

両開きの門を潜《くぐ》って中に入った瞬間、自然とそんな言葉が漏れた。

族長の屋敷はなかなか珍しい内装をしていたのだ。

室内は、大胆で複雑な細工が施された家具や調度品で飾られていて、まずそれに目を奪われた。

壁や天井《てんじょう》にも繊細な紋様《もんよう》が彫り込まれている。

絨毯《じゅうたん》や屏風《びょうぶ》、長椅子《いす》や机、すべてが黒、金、朱色《しゅいろ》に統一されていた。

豪奢《ごうしゃ》なだけでなく、圧倒的な美を魅せつけているみたいだ。

でも不快な感じはしない。

これが魔族の文化か。

目新しくて面白いな。

前世で一度、東の国へ旅をしたことがあるけれど、どことなく雰囲気《ふんいき》が似ている。

うわっ。マントルピースの上に飾ってあるのって、ドラゴンの頭じゃないか。

普通は鹿《しか》を飾るところなのに、さすが魔族、規模が違う。

さすがにこれは悪趣味ではと思っていると、隣《となり》を歩いていたクラリス姫がうっとりとため息をついた。

「素敵なお屋敷ですね、エディ様！」

クラリス姫の目はドラゴンの頭に釘《くぎ》づけになっている。

意外な趣味を披露したクラリス姫に戸惑《とまど》っていると、鎧《よろい》を脱いだ族長が奥の部屋から姿を見せた。

『待たせたな』

『いえ。お招きいただき光栄です』

『これを用意していた』

族長はそう言って、一枚の紙を取り出した。

『こ、これは……！』

差し出された紙を受け取ったクラリス姫は、驚きの声を上げて目を見開いた。

少し背伸びをして、書面を覗《のぞ》いてみる。

公用語で書かれた契約文書？

まさかと思って、目を走らせる。

内容を理解するとともに、僕の胸にも驚きが広がった。

『さんざんこちらの都合で迷惑をかけちまったからな。あんたらも手ぶらでは帰れねえだろう。手《て》土産《みやげ》ってわけじゃねえが、よければ持って帰ってくれ』

書面には、『今後、竜人族は人間と友好な関係を築いていく。その一環として、人間側と協議をし、将来的には国交を結ぶことも検討する』と書かれていた。

これは朗報と言い切れる。

竜人族と友好関係を築ければ、人間側はかなりの恩恵に与《あずか》れるのだ。

なにより竜人族の後ろ盾《だて》は、ヴァンパイアへの威嚇《いかく》になるだろう。

『族長、本当によろしいのですか？』

問いかけるクラリス姫にたいして、族長が頷《うなず》き返す。

『今回の件で、他種族との歩み寄りも必要だとわかった。力だけではいずれ滅ぶ。そのためにもまずは、あんたらと手を組みたい』

その瞬間、クラリス姫は本当にうれしそうな笑顔を浮かべて、書面をぎゅうっと抱きしめた。

「ふふ、お姫様。そんなふうにしたら皺《しわ》になっちゃうよ？」

「エディ様。私、うれしくて。偵察に来て、ここまでの成果をあげられるなんて感激です。国王もきっとお喜びになるでしょう！」

確かに。

お城を出たときは、こんな結果になるなんて思ってもみなかったよね。

そんなことを考えながら、僕も自然と笑顔になった。

族長と同じで、クラリス姫も素直に感情を表現する。

僕はそういう人たちが好きなのだ。

面倒事に巻き込まれたくないと思っていることを、一旦棚上げして、あれこれ手助けする程度にはね。

とにかく双方が満足のいく結果を導き出せてよかった。

顔を突っ込んだ甲斐《かい》もあったというものだ。

「長い歴史の中で、魔族とこんな繋《つな》がりが出来たのは初めてのことです。それもこれもすべては――」

最後まで口にせず、クラリス姫が僕を振り返る。

尊敬を込めた眼差《まなざ》しを熱く注がれて、僕は困ってしまった。

多分、僕がなにをしたのかクラリス姫は察しているのだろう。

クラリス姫にはある程度バレてしまっても仕方がないと思って行動してきたのだし、今さら誤魔《ごま》化《か》しようがない。

『そうだお姫さん。少しだけこの少年とふたりにさせてくれねえか?』

『エディ様とふたりに?』

クラリス姫はかまわないのかというように、僕を見やった。

『他の人間がいる場で話しては、この少年が困るかもしれんからな』

まったく。

人が悪いね、族長。

そういう言葉を口にした時点で、僕を結構困らせてるんだよ?

「エディ様。よろしいのですか?」

僕が頷くと、クラリス姫は静かに部屋を出ていった。

意外にも心配そうな顔はしていなかった。

おそらくクラリス姫も、族長を信頼できる相手だと認めたのだろう。

クラリス姫が立ち去り、応接室には族長と僕のふたりだけになった。

『それで？　話って言うのは――』

尋ね終わるより先に、突然、族長がバッと跪《ひざまず》いた。

うわ。ちょっと、何事？

『族長さん、なにしてるの？』

『改めて礼を言わせてくれ。おまえの指示のおかげで犯人を見つけ出し、正しく対処できた。そもそも俺ひとりでは、洗脳に気づきもせず、最悪な戦へ突き進んでいただろう』

『そんなのもういいって。こっちにも思惑があって手を貸したんだし』

堅苦しいのは嫌なのに、族長は聞く耳も持たない。

跪いた姿勢のまま、真剣な顔で僕を見上げてくるから、ちょっと暑苦しささえ感じた。

『話の本題は別にある。俺はおまえに完敗した。だから今より、おまえ――いや、貴公《きこう》には我が主《あるじ》となっていただきたい』

『は？』

『魔族は最強の者に従うことをよしとするのだ』

『なに言ってるの。あなたは族長でしょ』

『ああ、だから族長の上といえば王だな。貴公にはこの竜人族を束ねる王として、君臨していただきたい』

いやいや、ありえない。

本当になにを言い出すんだ。

『僕、人間だよ。そんなの無理に決まってる。それに僕は平穏《へいおん》に暮らしたいんだ』

『それだけの力を持つ子供を、世間が放っておくと思っているのか？　しかも、貴公はすでに一国の姫と行動をともにしている。目をつけられている証《あかし》ではないのか？』

痛いところを突いてくれる。

『こうは考えられないだろうか。我らを手中に収めることが、もっとも平穏に暮らしていく近道であると。魔王亡き今、魔族はこれから混沌《こんとん》の時代を迎える。戦乱の世になれば、平穏無事に暮らすなど不可能になるぞ。とくに貴公のように力ある者ならなおのこと。戦に駆り出されるに決まっている』

そんなふうに言われても困る。

だからこそ、僕は断り続けた。

だけど族長は一歩も引く気配がない。

『僕は普通の子供として、学校に通うんだよ』

『学校に通いながらでもかまわんから、このとおり！』

ゴンッと音をたてて、族長が額《ひたい》を床《ゆか》にこすりつける。

ああ、もう。

王さまといい族長といい、普通の子供をなんだと思ってるんだ。

普通の子供は学校に行きながら国王と手を組んで動いたり、魔族の王をやったりなんてしないんだってば。

『問題が起きたとき、貴公に采配《さいはい》を振るって欲しい。貴公の存在は決して表には出さないとお誓いする！　どうか闇の支配者として、我ら竜人族の上に君臨してくれ！』

『闇の支配者って……』

とんでもなく仰々《ぎょうぎょう》しい言い方だ。

僕は腰に手を当てると、軽くため息を吐いた。

族長の本気は嫌というくらい伝わってきている。

それに彼の言うことは一理あった。

姿を表に出さない闇に隠れた存在、か。

この族長のことは嫌いじゃないし、そのぐらいならまあ引き受けてもいいかな。

強引に表舞台に引っ張り出されるよりは全然ましだからね。

とにかく今回はなにがなんでも日陰の道を歩きたいし。

こんな展開になってしまったのは、僕にだって責任がある。

『なら、条件を出していい？』

『もちろんだ！』

『さっき族長が言ったとおり、表向きは族長が族長のままでいて。僕は陰から支えるだけ。僕の名前を出すのも当然禁止。約束守れる？』

『はっ！　このアドニス、あなたの影武者として、誠心誠意努めさせていただく！』

族長、アドニスって名前なんだ。

『それから、竜人族に対する権限なんていらないからね。というか押しつけられるのも嫌だし。僕がやるのは問題が起きたときに指示を出したり、ちょっと手を貸したりする程度だよ。面倒なことになりそうだったら、すぐにこの座は降りるから』

『もちろんだ。貴公が一度試してみて、やはり負担に感じられるようであれば、すぐに辞《や》めていただいてかまわん、我が主よ！』

『主じゃないって。せめて相談役ぐらいにしておいてよ』

なんだか先が思いやられる。

でも、もし本当に面倒なことになったら、全部投げ捨てて逃げちゃえばいいしね。

そんな流れで、やる気がないうえ、ものすごく無責任な『闇の支配者』が誕生したのだった。

第二十五話　エディ、王立学院に入学する

魔族領からの帰還。

国王への報告。

入学式に向けての準備など、日々は目まぐるしく過ぎていき――。

あっという間に、王立学園入学式の当日がやってきた。

今日から一年間、僕は最下位ランクのFクラスで授業を受ける。

一番下のクラスっていうのも、別の意味で悪目立《わるめだ》ちするから、本当は真ん中のCクラスあたりが理想だったのだけれど……。

兄の成績表を代わりに提出して、クラス分けを乗り切ったのだから、わがままは言っていられない。

体育館での入学式が終わったあと、僕ら新入生はそれぞれの教室へ向かわされることになっていた。

保護者席で見守っていた両親とはここでお別れだ。

「エディ、頑張《がんば》るのよ！」

「なにかあったらすぐに言うんだぞ！」

心配性な両親に見送られつつ、僕も教室へ移動した。

入学説明会ぶりに訪れる校舎は、まだ僕にとって非日常を感じさせる場所だ。

これからここで、平凡な学園生活を送るのか。

僕は他の新一年生たちと同じように、いや、もしかしたらそれ以上の期待を胸に抱いていた。

退屈《たいくつ》な日常大歓迎。

僕にとっては尊《とおと》く価値あるものなのだから。

さて新一年生の教室は、新校舎の一階にある。

後ろの扉から教室内に入った瞬間、僕は感動してしまった。

小さな机と小さな椅子が並ぶ室内に、窓から優しい光が降りそそいでいる。

僕と同世代の子供たちは、緊張したりはしゃいだりしながら席についていた。

前世では無縁《むえん》だった憧《あこが》れの景色が、今、目の前に広がっている。

物心つかぬうちから師匠《ししょう》に弟子《でし》入りさせられ、命がけの訓練を強いられたり、子供同士で戦わされたりすることもない。

この教室にいる少年少女たちの目は、まったく擦《す》れていなかった。

友だちになってくれる子はいるだろうか。

僕は教室をじっくりと見回したあと、自分の席を探した。

黒板に記された座席表、窓際の最後尾が僕の席だ。

隣《となり》の席にはすでに、女の子が座っていた。

大きなリボンのついたカチューシャで、ふわふわの髪を押さえている。

僕を見てにこっと笑いかけてきたので、ぺこっと頭を下げておいた。

うさぎみたいな顔をした可愛《かわい》い子だ。

そうこうしているうちに、担任の先生が教室に入ってきた。

Ｆクラスの担任は、エレナ・ボネットという名の若い女の先生だった。

小柄《こがら》なこともあり、少し幼い印象を受ける。

もしかしたら新米の先生なのかもしれない。

ちょっと野暮《やぼ》ったいロングスカートに、癖《くせ》のついた長い髪。

小さな顔のわりにやたら大きな眼鏡《めがね》をかけていて、サイズがあっていないのか喋《しゃべ》るたびにそれがずれる。

この先生、大丈夫かな……。

おっとりしていて優しそうな印象なので、周りの生徒たちはうれしそうだ。

「はぁい、みなさーん。注目してくださぁい」

教室内が静まるのに、五分はかかった。

やれやれ、先が思いやられるな。

でもとにかく、なんとか先生は初めての授業をはじめられた。

生活習慣をこうしましょうとか、挨拶《あいさつ》は元気にしましょうとか、そういう話が柔《やわ》らかな口調で語られていく。

「というわけでこれから一年間、クラスメイトのお友だちと一緒に、頑張って魔法を学んでいきましょう。みなさん、入学おめでとう！」

クラスメイト、お友だち。

実に魅力的な言葉だ。

エレナ先生はにっこり笑うと、右手に持っていたステッキを振った。

先生のかけた魔法によって、教室内に色とりどりの花びらが舞う。

「わあ……！」

「魔法のお花⁉　すごーい！」

クラスメイトたちは歓声をあげながら、大喜びで席を立った。

みんな飛び跳《は》ねたり、はしゃいだりして、舞い落ちてくる花びらに手を伸ばしている。

自分だけ浮いてしまわないように、僕も一応席を立つ。

「あれー⁉　このお花つかめないよ⁉」

「ふふ。これは魔法のお花ですからね」

エレナ先生はおっとりとした口調で返しているけれど、これは結構とんでもない魔法だ。

詠唱《えいしょう》していたのは光に属する魔法。

花びらに実態がないのであれば、光を集合させた幻を作り出しているのだろうけれど、そうとはわからないほどに精巧《せいこう》だ。

ふうん。

人は見かけによらないってわけか。

王立学園の教師として採用されるだけのことはある。

そう見直した直後――。

「さあ、みなさん。そろそろ席について……きゃあ⁉」

生徒たちに気を取られていたのだろう。

教壇《きょうだん》の段差を踏《ふ》み外してしまったエレナ先生が、短い悲鳴をあげる。

危ない！

僕はとっさに風魔法を起こして、倒れ込んだ先生の体を受け止めた。

「あ、あら……？」

顔面から激突する寸前に、風のクッションに受け止められた先生は目をぱちくりさせながら起き上がった。

「先生！　大丈夫⁉」

「ええ、みなさんびっくりさせてごめんなさいね。でも、今のはいったい……」

先生は驚いた顔をして教室内をきょろきょろ眺《なが》めている。

「誰《だれ》かが魔法を使って助けてくれたの……？　……いいえ、そんなことありえないわ……」

先生は独《ひと》り言《ごと》をつぶやいたあと、戸惑《とまど》いながら首を横に振った。

一年生が風魔法をあんなふうに操るなんて不可能だし、咄嗟《とっさ》に魔法を発動させるのは大人でも難しい。

そもそも、そんなことができる子ならFクラスにいるわけがないと思ったのだろう。

それにしても急に躓《つまず》くなんて。

そういうところはわりと見た目どおりかも。

とはいえ油断しないようにしないとね。

いくらおっちょこちょいとはいえ、先生は難易度の高い魔法を使いこなせるほどの実力者なのだから。

第二十六話　AクラスとFクラス

三限目が終わったので、僕は手元にあるスケジュールを改めて確認した。

本日の一、二限目は入学式。

そのあと担任の先生から、説明を受けたり、クラスメイト同士の自己紹介を行ったりしたのが三限目。

これから今日、最後の授業がはじまる。

今度は集会場に新入生全員が集められて、それぞれの教科を担《にな》う教師たちから、ガイダンスが行われる予定だ。

「さあみんな、移動しますよ」

「はーい」

ぞろぞろと移動するクラスメイトの流れに僕もついていく。

集会場は、新校舎と体育館を繋《つな》ぐ渡り廊下を、途中で右へ折れた先にあるようだ。

先生は簡単に学校内の案内をしながら、僕たちを誘導してくれた。

「わあ！　学校、広いねえ」

「見て見て。あの子たち、他のクラスの子かなあ？」

クラスメイトたちの賑やかな声に顔を上げる。

集会場の前で、遭遇したのは背丈から考えて、僕たちと同じ新一年生の集団だった。

身にまとっている制帽《せいぼう》に赤いバッジがついている。

学級ごとに色わけされたバッジ。

赤色のバッジはAクラスの証《あかし》だ。

魔法の実力が学年トップレベルの、選ばれし生徒たちが配属される学級、それがAクラスである。

僕の長兄はかつて、このAクラスに所属していた。

Aクラスの生徒たちは、自分たちの実力を誇りに思っているのか、どの子も得意げな顔でツンと上を向き歩いている。

僕が所属しているFクラスの生徒たちは、それに比べて子供子供している。

「なんだかAクラスって大人っぽいね」

クラスメイトたちが、ひそひそ話していると――。

「あっれー？　カエルたちがいるぜ！」

Aクラスの何人かがそう騒ぎはじめた。

ニヤニヤと笑いながらAクラスの生徒たちが指差しているのは、Fクラスの緑色のバッジだった。

「おいおい、カエルじゃないよ。あれは魔法が苦手なFクラスの生徒だ。両生類《りょうせいるい》と間違えたら可哀想《かわいそう》だって」

「魔法が苦手なんて、人間でいる価値ないだろ。そんなやつカエルで十分だ。おいおまえら、ゲコゲコ鳴いてみろよ！」

Ａクラスの生徒五、六人が嘲《あざけ》るようにゲコゲコと鳴く。

教師は生徒を並ばせるため先頭にいて、この騒ぎには気づいていない。

それをいいことにＡクラスの生徒たちは、ますます騒ぎはじめた。

中でも金髪頭の背の低い少年の態度は、目に余るものがある。

「ゲーコゲーコゲーコ！　ほらおまえら、本物を見せろって！　人間サマを楽しませないカエルなんて、生きてる意味ないんだよ！」

「ひどい……。なんであんなこと言うの……」

「あいつ、知ってる。偉《えら》い貴族の息子で、幼稚舎《ようちしゃ》の時から誰《だれ》も逆らえなかったんだ」

なるほど、典型的ないじめっ子ってやつか。

吊《つ》り上がった目尻と、人をせせら笑うために用意されたような大きな口が印象的だ。

いじめっ子なんて、前世の僕の周りにも、今の僕の周りにもいなかったので、新鮮な印象を受けた。

「おい、鳴かないとひどい目にあわせるぞ。そこのブスな女から順番に鳴いてけよ、ほら」

「う、うう……」

指を差されたそばかすの女の子が、ビクッと肩を震わせる。

真《ま》っ青《さお》な顔で彼女が泣きだすと、いじめっ子は満たされた顔に満面《まんめん》の笑みを浮かべた。

嫌になるな。

たった六歳で、あそこまで性根《しょうね》が腐《くさ》ってるなんて。

子供はもっと純粋《じゅんすい》な存在であって欲しいものだ。

自分のことを棚にあげて、そんなふうに思った。

目立ちたくはないけれど、泣かされた女の子があまりに可哀想だ。

さすがに止めに入るべきか迷いはじめたとき――。

「みなさん、どうしました？」

生徒たちの歩みがストップしているのに気づき、エレナ先生が様子を見に来た。

その途端、Ａクラスの生徒たちは、無邪気《むじゃき》な態度で快活《かいかつ》な返事を返した。

「なんでもありません、先生！」

「じゃあね、Ｆクラスのみんな」

Ａクラスの生徒たちは、明るく手を振って集会場の中に入って行った。

それを見送るＦクラスの子たちは、当然しょんぼりしている。

「なんであんなこと言うんだろ……」

「仕方ないよ。魔法が得意だから、僕たちよりすごいのは本当だし……。Ａクラスの子たちは、大人になったら社会の役に立つんだってパパが言ってた」

どうかな。あいつらの未来には不安を感じるよ。

自分より実力が低い者を見て、悦《えつ》に入っているようじゃ成長しない。

名門一家の出だって、才能を奢《おご》りによって潰しそうだ。

なんて冷静に分析していると、隣《となり》に並んだ女の子が、ひょこっと顔を覗《のぞ》き込んできた。

「ねえ。あなたは悔しくないの？」

彼女は僕の隣の席になった少女だ。

おっとりした印象を与える大きな瞳が、問いかけるように僕を見つめてくる。

「悔しい？」

「だってあの子たち、私たちのことすごく馬鹿《ばか》にしたんだよ？」

「はは。まあ、そうだね。でもあんなに子供っぽい言葉をかけられても、悔しい気持ちはわかないな。だってカエルだよ？」

そう言って僕が苦笑すると、少女は目を真ん丸くした。

それから口元に手を当てて、ふふっと小さな声で笑い出した。

「たしかにそうかも。ゲコゲコ言ってたし」

「でしょ？　カエルってよく見ると可愛《かわい》いしね」

「ふふふ！　あなたのおかげで、悲しい気持ちがどっかいっちゃった」

女の子の目がキラキラと輝く。

じっと至近距離で見つめられて、初めて距離がすごく近いことに気づいた。

「そんなふうに考えられるなんてすごいね」

「そ、そうかな。普通だよ」

「ねえ。なんていう名前なの？」

「僕はエディ」

女の子は親愛の情を示すように、にこっと笑いかけてきた。

「私はメイジー。エディくん。よろしくね」

うれしそうに差し出された手を拒むわけにはいかない。

僕は紳士らしくメイジーの手を握ると、彼女に向かって微笑《ほほえ》み返した。

第二十七話

入学祝い

その日の夜、家族が僕の入学を祝ってパーティーを開いてくれた。

机の上に並ぶディナーは豪華《ごうか》なだけじゃなく、僕の好物ばかり。

食べきれない量の料理を見て、僕は感嘆《かんたん》の声を上げた。

好物を用意してもらえたことも、もちろんうれしい。

でもそれ以上に、お祝いの準備をしてくれた家族に対する感謝の気持ちで胸がいっぱいだ。

「みんな、ありがとう。すごくうれしいよ」

「エディに喜んでもらえてよかったわ」

「ほら、エディ。今日は腹がはち切れるまで食うんだぞ！」

「ははは、まったく父さんったら。エディ、ほらミートパイもおいしいぞ。取り分けてやるから皿をよこせ」

「ありがとう。でも僕、自分でできるよ」

「まったく。マックスはいつまでもエディを赤ちゃんだと思ってるな」

「おいおい。それは兄さんだって同じだろう！」

「お兄ちゃんたちはエディが可愛《かわい》くて仕方ないのね」

「それもそうだ。エディはいつまでもうちの可愛い末っ子だからな！」

相変わらず過保護な家族たちが、明るい笑い声を上げる。

前世の記憶が戻ってから、こういうやりとりが恥《は》ずかしくて仕方ない。

見返りを求めない、ただ一方的に注がれる無償の愛情。

僕は椅子《いす》の上でもじもじしてから、ひどい早口でもう一度お礼を伝えた。

家族はそんな態度をとっても気にしない。

それどころから、「照れてるんだな、可愛いやつめ」と言われて、頭をわしゃわしゃ撫《な》で回されてしまった。

「わあ、もう。うれしいけど、みんなそろそろ普通にしてよ」

「可愛いエディがついに一年生になったんだ。そんな特別の日に、普通になんてしていられるか！」

「旦那《だんな》さま、奥さま、坊ちゃん。メイリー国からお祝いの品が届きました！」

「えっ、また⁉」

思わず席を立って叫び声をあげる。

すでに何日も前から、クラリス姫や王様から、続々とお祝いの品が送られてきているのだ。

添えられていた手紙を見ると、今日届いたものがメインのプレゼントということらしい。

今までのあれらが前座のつもりだったのか？

ちなみにこれまでもらった品は、エメラルドのついた万年筆《まんねんひつ》やダイヤモンドがあしらわれた筆箱、などだ。

どうやって使えっていうんだ、そんなもの。

とんでもない成金が入学してきたって思われちゃうよ。

気持ちはありがたいので、それらは家での学習時に、使わせてもらうことにした。

なんか今回もとんでもないものが出てきそうで怖いな……。

不安を抱きつつ中身を開けてみる。

中から出てきたのは、黄金の文字盤でできた時計だった。

しかも文字盤にはびっしりと宝石が埋め込まれている。

う、うわ。

重量感すごい……。

大人顔負けどころか、子供がつけたら絶対に重い。

気持ちの話じゃなく、物理的に。

六歳児の入学祝いにこんなもの贈るか……？

「ねえ、これはさすがにもらえないよ。送り返して」

僕は驚きと呆《あき》れから、ガクンと肩を落とした。

さすが王様とお姫様。

発想が一般人とはかけ離れているな……。

ちなみにこの時計。

何度送り帰しても、戻ってきてしまうので、最終的には渋々《しぶしぶ》受け取って、家の金庫にしまってもらうことになるのだけれど、それはまた別の話だ。

◇◇◇

——夕食後、竜人族《りゅうじん》の族長アドニスから魔法を使った連絡が入った。

『部下たちが俺の魔法を見たいと言って聞かないのだ。エディ様に言われたとおり、むやみやたらに使うものではないと言ってなんとか対処してるものの、いつまで乗り切れるかわからん』

魔法によって映し出された族長の幻影が、頭を抱えて唸《うな》り声をあげる。

根が正直なタイプだからなあ。

部下をちょっと誤魔化《ごまか》すだけでも、相当苦労しているみたいだ。

『ん、わかった。その件はそっちに行ったときになんとかするから、安心して』

『それは助かった！　して、エディ様。こちらにはいつ来られそうだ⁉　明日か、明後日か⁉』

『いや、明日も明後日も学校だって。僕の休みは土日だよ。ちゃんと覚えておいて』

転移魔法を使えば一瞬で移動できるといっても、宿題だってある。

なにより、平日の夜までバタバタ動き回るなんてごめんだ。

そんなものは僕の求めている「穏《おだ》やかで平凡な生活」ではないからね。

『ううむ。まだ四日もあるのか』

ため息交じりに『早くお会いしたい』などというから、僕は頬《ほお》を引きつらせた。

大柄の図体をした魔族の男に、会いたがられてもうれしくはない。
とにかくまた土曜日にと言って、僕は族長との通信魔法を切った。
さあ、お風呂《ふろ》に入ろうっと。

第二十八話

クラスメイトを護る

入学二日目。

ガイダンスは初日ですべて終わったので、今日から本格的に魔法の授業がはじまる。

最初の授業ではどんなことを学ぶのかな。

今日の一限目は生活魔法講座だったから、空の飛び方とか？

うーん、でも失敗して落ちたら、大怪我《けが》になりかねないし、そういう魔法は後回しかもしれない。

などと思いながら教室に向かうと、Ｆクラスの前がなにやら騒がしい。

なんだろう。

人だかりができている。

なにか揉《も》めているみたいだ。

「おいおい、Ｆクラスは挨拶《あいさつ》もできないのかよ！　さすが魔法を使えないクズだな！」

騒いでいるのは昨日、集会場の前で絡《から》んできたＡクラスの生徒だった。

たしか名門貴族の子息《しそく》だとかいう金髪が、腰に手を当ててふんぞり返っている。

左右にいるのは、彼の腰ぎんちゃくなのだろう。

媚《こ》びへつらった顔で、加勢している。

壁際に追い詰められ、暴言《ぼうげん》を吐かれているのはFクラスの生徒たち数人だ。

怯《おび》えきった彼らは言い返すこともできず、小さくなって俯《うつむ》いている。

最初から見ていたわけじゃなくても、どちらに非があるかぐらい一目瞭然《いちもくりょうぜん》だ。

可哀想《かわいそう》に。

暴言を吐かれている子供たちのうち、ひとりは女の子で、目にいっぱい涙を溜めている。

あいつら、わざわざFクラスの教室までやって来て絡んだのかな。

普通の六歳児ってこんなに幼稚《ようち》なのだろうか。

僕は呆《あき》れつつ、どうしたものかと考えを巡らせた。

揉め事には巻き込まれたくない。

とはいえ、見て見ぬふりをして通り過ぎるというのもね。

今後の学校生活に悪い影響を及《およ》ぼしかねない。

あとになって「冷たいやつだ」と噂《うわさ》されたら最悪だ。

僕は八割方打算、残り二割は一応善意で、騒ぎの輪のほうへ近づいていった。

「いいか？　魔法もろくに使えないザコは、この国にいらないんだよ」

「そんな……」

「へえ、僕に口答えしようっての？　役立たずのくせに？　おまえらみたいな才能のないゴミなんて、死ねばいいいんだ」

「そのとおりだよ、ヒューイ！」

ヒューイと呼ばれた少年が嫌味《いやみ》っぽい笑い声をたてると、取り巻きがわざとらしく同調した。

「ひどいよ……。ひっく……ぐす……。もう、やだ……ママ……」

「あっはっは！　『ママ』だって！　『ママー怖いよーママー助けてー』って？　あはははは！」

震えていた女の子は、ついにぺたんと座り込んで泣き出してしまった。

そのとき、野次馬《やじま》の輪の中からひとりの少女が止めに入った。

隣《となり》の席のメイジーだ。

「や、やめなさいよ……！」

メイジーはいじめられっ子たちを庇《かば》うように、両手を広げた。

必死にヒューイを睨《にら》みつけているが、その足が震えている。

なけなしの勇気を出して、クラスメイトたちを庇ったのだ。

僕の頭の中で、初めて会った日のクラリス姫と、今のメイジーが重なった。

「プッ。ガタガタ震えて、それで庇ってるつもりか？　怖いなら引っ込んでろよ」

「怖くなんかないわっ」

「涙目になってるのに、よくいうよ。ん？　おまえよく見たらなかなか可愛《かわい》い顔してんじゃん。僕の奴隷《どれい》にしてやろうか」

「きゃ……！」

ヒューイが無遠慮《ぶえんりょ》な態度で、メイジーの手首を摑《つか》む。

乱暴をされたメイジーは、手首が痛んだらしく、とっさに顔をしかめた。

こらこらこら。

末恐ろしい子供だな。

どこで学んできたのか知らないけれど、発言も態度も最低だ。

「い、いや……。離して……！」

「痛っ⁉」

メイジーに突き飛ばされたヒューイは、自尊心を傷つけられたらしく、顔をみるみる赤くさせた。

「この……Fクラスのくせに！」

怒りで顔を真《ま》っ赤《か》にしたヒューイが、両手を翳《かざ》して詠唱《えいしょう》をはじめる。

唱《とな》えているのは、水魔法だ。

ヒューイの手に魔力が集まっていく。

ええ、ちょっと待って。

魔法でやり返すつもりなの？

さすがにそれはオイタがすぎるよ。

もともと立ち止まったのはクラスメイトの目を気にしてのことだったけれど、自分の中で打算と善意の比率が逆転した。

厄介《やっかい》ごとに巻き込まれたくはないんだけどね……。

とりあえずこの件に関してだけは、その考えを脇《わき》に置いておこう。

僕は誰《だれ》にも気づかれないよう口内で詠唱して、子供たちの後ろから風魔法を放った。

もちろん威力は最小限に弱めてある。

「うわ⁉」

突然、目の前から吹きつけてきた突風に驚き、ヒューイが情けない声をあげた。

発動しかけていた魔法も消滅する。

やっぱり子供だね。

精神的に未熟だから、少しの動揺で魔法が解除されてしまうのだ。

「な、なんだ今の……？　くそっ！　今度こそ！」

再び魔法を詠唱しようとするヒューイを見て、僕はいよいよ辟易《へきえき》した。

「もうやめておいたら？」

「は？　誰だ！　今、余計なことを言ったのは！」

最後尾から声をかけた僕を捜して、ヒューイがキョロキョロする。

僕は周囲の子たちに謝りつつ、人だかりをかきわけて進んだ。

ようやくヒューイの前に出ると、彼はまず僕の帽子《ぼうし》についているバッジをチラッと見た。

その顔に勝ち誇った笑みが浮かぶ。

「まあたカエルのお出ましか。ザコ同士で庇い合って、見苦しいんだよ」

「そう。僕も同じFクラスだから、文句があるなら僕に言うといい。相手になるよ」

魔法でやり返したりはしない。

あくまで口ゲンカで言い負かす。

そのぐらいなら、過剰《かじょう》に目立つこともないだろう。

「おまえみたいなチビが、なに偉そうにしてんだよ」

「僕たちの身長ほとんど同じだよね。今の言葉、自分に向かってチビって言ったようなものだよ」

「なに⁉」

「なんでそんなに動揺してるの？　あれ、もしかして自分もチビだって気づいていなかった？」

僕は薄く笑って首を傾《かし》げた。

様子を見守るＦクラスの生徒たちの間に、緊張した空気が流れる。

どうやらみんな僕を心配してくれているみたいだ。

僕なら全然問題ないけど、周囲の子たちの想いはうれしかった。

僕の中に芽生《めば》えた仲間意識が、より強いものになる。

やっぱりここでちゃんといじめっ子たちを撃退しておいたほうがいいな。

「くそ……！　いいぜ、やってやる……！」

このぐらいの挑発で釣られてくれるのだから、子供は可愛い。

さーてと。

君には少し反省してもらわないとね。

第二十九話

エディVS.いじめっ子

「みんな下がってて。危ないからね」

周囲を見回してそう伝えると、他の子たちは慌《あわ》てて後退した。

僕とヒューイを取り囲むように、生徒たちの輪ができる。

「なめやがって……！」

ただこの生意気な少年を倒せばいいわけじゃない。

それならずっと話は単純だった。

けれど実力を装って対処するとなると、結構頭を使う。

「これでも喰らえ！」

ヒューイが水魔法を詠唱《えいしょう》する。

今回で三度目。

僕は邪魔《じゃま》をせず、彼の望むとおり撃たせてやった。

ヒューイの掌《てのひら》に現れた水魔法はボールほどの大きさまで膨《ふく》れ上がった。

「いっけえーッ！」

青くてぶよぶよした水色の球を、ヒューイが勢いよく投げつけてくる。

当たれば相当痛いだろうし、突き指か打撲《だぼく》くらいにはなりそうだ。

さすがはAクラス、この年齢の子供にしてはすごいね。

とくにヒューイは、名門一家の出。

魔法の才能は、血の影響を大きく受けるのだ。

さて。

一発なら体を捻《ひね》ってかわせる。

だけどヒューイもそのぐらいは承知していた。

彼は間髪《かんぱつ》入れずに二発目、三発目の水魔法を放って、僕を挟み撃ちにしてきた。

「どうだ！　俺様得意の水球戦法は！」

「得意な攻撃で、相手をいやらしく追い詰める戦法か。さすがだね、ヒューイ！」

取り巻きの少年が、目をキラキラさせて声援を送る。

もしかして今の褒《ほ》めてるつもりなの？

でもたしかに、ちゃんと頭も使って戦っているのはわかる。

普通の子供が相手なら、Fクラスじゃなくてもヒューイの魔法に翻弄《ほんろう》されていただろう。

そんな相手を、どうしたらFクラスっぽくやっつけられるかな。

そんなことを考えつつ、僕は迫ってきた水球をふわっと避けた。

「……？　どうしたんだ？　全然エディくんに当たってないぞ？」

「本当だ……。どうして？」

Ｆクラスの子供たちが、不思議そうに、でも明らかに喜びながら声を上げた。

対照的に、ヒューイの表情は曇《くも》った。

訝《いぶか》しげに眉《まゆ》をつり上げ、ふんっと鼻を鳴らす。

自分の中に生じはじめた戸惑《とまど》いを払拭《ふっしょく》するように。

「どうせまぐれに決まっている。これならどうだ。喰らえ！　喰らえ喰らえーッ！」

「あっ……。危ない！」

「エディ君、逃げて！」

いじめられていた子たちやメイジーが、僕のため、必死に叫んでいる。

四方八方を囲み、一気に押し寄せてくる水の球。

僕は短く息を吐き出して、無詠唱で風魔法を発動させた。

ただし、この場にいる誰《だれ》もが気づけないほど、瞬《まばた》きより速い短時間だけ。

「な……っ⁉」

風はその一瞬で、バリアのように水球をすべて叩き落した。

「そんな……。僕の水球が消えた？　な、なんで？　くそっ！」

ヒューイは動揺のあまり、正常な判断ができなくなっていた。

ひどく慌てて、馬鹿《ばか》のひとつ覚えみたく、また水魔法を放とうとしたのだ。

「君ってぜんぜん自分のことが見えてないんだね」

「なに⁉」

「だって」

僕はすっとヒューイの顔を指さした。

「もう切れてるよね？　魔力量」

「あ⁉」

実を言うと、戦闘がはじまるのと同時に探知魔法を発動させて、ヒューイの魔力量の減少を確認していたのだ。

彼の頭上に表示された魔力量は今、ゼロになっている。

当たり前だ。

いくらなんでもあんなに打ちまくっていては、子供の魔力量なんかすぐに尽きてしまう。

魔力量はレベルに合わせて増えるものだ。

ヒューイがいくら名門一家の生まれで、魔法の才能があったからって、六歳の子供が上げられるレベルなんてたかが知れている。

僕もそのことは身に染みてわかっているからね。

最初からこれを狙っていた。

「魔法、使えなくなっちゃった？」

「く、くそ」

「あっれー？　さっき言ってたよね？　魔法が使えない人間に価値はないって。今の君ってもしかして」

ヒューイの顔から、さあっと血の気が引いていく。

見開いた目は、恐ろしいものを見るかのように僕を凝視《ぎょうし》していた。

そのとき、ちょうどいいタイミングで予鈴《よれい》のチャイムが鳴った。

「教室戻ったら？　もう君にできることはなにもないんだし」

「くそ！　覚えてろ！」

「わあ、待ってよ、ヒューイ！」

まさに負け犬の遠吠《とおぼ》えだね。

ヒューイと取り巻きたちは、逃げるようにしてAクラスのほうに駆けていった。

これで一応、一件落着かな？

さて僕も教室に――。

「す……すごい！」

「ほんと、すごいよっ！」

「あのいじめっ子をかっこよく追っ払っちゃうなんて！」

「わあ⁉」

僕の周りにFクラスの生徒たちがわっと群がってくる。

メイジーを中心に、次々言葉をかけられた。

「エディくん、スポーツ万能なの⁉　魔法のボールを簡単によけちゃうんだもん！」

しまった。

撃ち返すわけじゃないし、いいやって思ってたけど、魔法を避けるなんて、たしかに普通の子供じゃ不可能かも。

「えっと、その……。ぼ、僕の家ではいつもああいう特訓をしているんだ！」

「すごーい！　あのいじめっ子も追い返しちゃったし」

「すごくなんてないよ。あいつが勝手に自爆してくれただけだし」

「でも全然怖がってなかったよね？」

「え⁉　い、いや、そんなことないない。すごく怖かった！」

引き笑いをしながら必死に主張する。

かなり無理やりな誤魔化《ごまか》し方でも、子供たちはさすが素直だ。

あっさり信じてくれた。

「あ、あの、エディくん。怖かったのに庇《かば》ってくれたんだね。本当にありがとう」

進み出てきたのは、いじめられていた気弱な少年だ。

「エディくん、僕より小さいのにすごいよ」

そんなにチビなのかな僕。

ヒューイにも指摘されたし。

ちょっと気になってきた。

でも成長期はこれからだから大丈夫なはずだ。

「ありがとう」

少年に手を握られて、僕は驚いた。

「僕、あいつにいじめられて怖かったけど、でも君みたいな友だちができたからよかったよ」

「え……。と、友だち？」

思わぬ言葉にきょとんとしてしまう。

「あっ、ごめん。嫌だったかな？」

「いや、びっくりしただけ」

「じゃあ友だちになってくれる？」

「……う、うん」

「僕も君が困ってるときは助けるからね。本当にありがとう！」

「私も友だちになりたいな」

「僕も！」

「私も！」

メイジーや他の子たちも次々名乗りをあげる。

どう反応したらいいのかわからなくて、僕はぎこちなく笑い返した。

だって友だちって。

前世の頃憧《あこが》れていた友だちが、ついに僕にもできたのだ。

なんだろ、このほわほわした感じは。

「あ、本鈴《ほんれい》のチャイムだ！　エディくん、行こう！」

そう言って、メイジーが手を差し伸べてくる。
僕はちょっと戸惑いつつ、その手を握り返した。
わいわい騒ぎながら、クラスメイトたちと一緒に教室の中に入る。
そうだ。みんなの名前、あとで聞いておかなくちゃ。
こんなふうにして、ちょっぴり騒がしい僕の学園生活がスタートしたのだった。

第三十話

グリフォン襲来

ある日の昼休み。

魔法学院に入ってできた友人たちとお昼ご飯を食べていると、僕の魔法通信機の呼び出し音が鳴った。

これは安全のため、親から持たされているものなのだけれど、他にも国王やクラリス姫、アドニスなんかも番号を知っている。

そのうち、とある人には番号を教えたことを後悔しはじめていた。

またあの人じゃないだろうな……。

警戒しつつ、魔法通信機を取り出すと、相手先表示画面に並んだ名前は、危惧《きぐ》したとおりの相手だった。

うわ。やっぱりアドニスか。

げんなりするとともに、重いため息が零《こぼ》れる。

アドニスは僕の配下になって以来、どうでもいいような用事で頻繁《ひんぱん》に連絡してくるようになった。

僕を相当慕《した》ってくれているようで、一から十まで報告しないと気がすまないらしいのだから困る。

重要な問題以外は、アドニスが勝手に決めてもいいと言ってあるのに。

連絡先を教えるんじゃなかったかも。

彼の忠義心はもはや崇拝《すうはい》に近い。

そういう重いのはちょっとなあ……。

僕は友人たちの輪を離れ、木陰に移動してから、小声で通信を繋《つな》いだ。

『もしもし。あのねアドニス、どうでもいい用事でかけてこないでって何度言えば——』

『エディ様！　どうか、どうか貴殿の力をお借りしたい！』

あれ、なんだか声の調子がいつもと違う。

通信機越しにも焦《あせ》りが伝わってくるし、どうやら今回ばかりは本当に深刻そうだ。

『なにかあったの？』

『集落の近くにグリフォンの群れが現れたんだ！』

『へえ、珍しい。グリフォンは普段、巣の近くを離れないのに。でも確かにそれは厄介《やっかい》だね』

空飛ぶグリフォンは、武器で戦う竜人《りゅうじん》たちにとってかなり不利な存在だ。

上空にいられる限り、手も足も出せない。

『反撃のチャンスは、竜人を連れ去るため襲ってくるときだけだし、集落には戦えない者もいる。そいつらを庇《かば》うのに精一杯で、俺たちだけじゃ手に負えねえ』

うーん。

ただでさえ不利なのに、老人や子供を抱えながらの戦闘だもんね。しかも今、彼らの軍には精鋭部隊がいない。

アドニスの言うとおり、彼らだけでなんとかするのは大変そうだ。

僕は中庭の大時計を見上げた。

昼休みは残り三十分。

もうすぐ午後の授業がはじまってしまう。

それまでに戻らないといけないな。

この学園には遠方からの講師用に、移動魔法を魔道具化した装置が常時設置されている。

僕はそれをこっそり利用することにした。

もちろん生徒の使用は認められていない。

だから、『こっそり』行う必要があるわけだ。

『ちょっと待ってて。今そっちに行くから』

『恩に着るぜ、エディ様！』

◇◇◇

移動魔法装置を用いて、僕が領地に駆けつけると、クラリス姫とアドニスが出迎えてくれた。

国王から国境の警備を任されたクラリス姫は、あの一件依頼、頻繁に竜人族の里を訪れるようになっていた。

『エディ様！』

「エディ様、お待ちしておりました！」

駆け寄って来たふたりは、早速いつもどおり、大げさな歓迎の言葉を並べ立てようとした。

ひらひらと手を振って、『そういうのはいいってば』とあしらう。

なにせ三十分で戻らなければいけないのだ。

『時間がないからすぐに倒しちゃうよ。案内してくれる？』

集落の東側、森に面した側に辿《たど》り着くと、空を埋め尽くすほどのグリフォンたちが飛び交っていた。

竜人たちにはアドニスを通じて、抗戦《こうせん》をやめ、避難するよう指示を出してあった。

獲物が逃げてしまったグリフォンたちは気が立っていて、僕たちを見るなり襲いかかってきた。

『く……っ！　エディ様、下がってくれ！』

僕を庇うようにしてアドニスが飛び出す。

アドニスの槍はグリフォンの翼めがけて穿《うが》たれ、そのまま貫いた。

けたたましい悲鳴が上がる。

これで一匹は倒せた。

しかし、すぐにまた別のグリフォンが、アドニスめがけて口から火の玉を放った。

「ぐあああ！」

「アドニス殿！」

「待って」

クラリス姫が慌《あわ》てて飛び出そうとするのを、僕は手で制した。

『ご苦労だったねアドニス。君を狙って、やつら一カ所に集まってくれた。これでやりやすくなった』

「さてと」

これまで散開していたグリフォンたちが、一区画を旋回《せんかい》している。

僕はそちらに向かって手をかざした。

あと十五分。

さくっと片づけないと。

「よ、っと」

僕は急いで火魔法をぶっ放した。

掌《てのひら》から放たれた業火《ごうか》が、火柱となって空高く吹き上がる。

その火はアドニスを狙っていたグリフォンの群れに命中し、やつらを一瞬で塵《ちり》に変えてしまった。

『な……っ⁉　なんつう威力だ⁉』

アドニスが大きな口をあんぐりと開け、呆然《ぼうぜん》としている。

あ、しまった。

早く帰らなきゃと思いすぎて、うっかり火力の調整に失敗した。

「さすがはエディ様です！　お見事でした！」

クラリス姫が目を輝かせる。

『エディ様、あんたの魔法、まだまだ本気ではないとはわかっていたが、まさかこれほどとは……。いや、もしや、今のではまだ本気を出していないんじゃないか!?』

僕は返事の代わりに、肩を竦《すく》めてみせた。

「それにしても、やっちゃったな」

まるで黒い雪のように、空からひらひらと灰が降ってくる。

もともとグリフォンだったものだと思うと、あまり頭に被《かぶ》りたくはない。

『アドニス、今回もいつもどおり、君が対処したということでよろしく』

『し、しかしエディ様』

『それから後片付けよろしく。本当に時間がないんだ。五分前には教室に戻って、教科書の準備をしなきゃいけないいんだから』

ぎりぎりまで教室に姿を見せないと、お昼を一緒に食べていた子たちも心配するだろう。

『じゃあね』

まだ空から降り続けている黒い雪に背を向け、僕は転移魔法が通じている場所へと引き返した。

あとがき

こんにちは、斧名田《おのなた》マニマニです。

このたびは『6歳《さい》の賢者《けんじゃ》は日陰《ひかげ》の道《みち》を歩《あゆ》みたい』をお手に取っていただき、ありがとうございます。

GAノベルからすでに発売中の『冒険者《ぼうけんしゃ》ライセンスを剝奪《はくだつ》されたおっさんだけど、愛娘《まなむすめ》ができたのでのんびり人生《じんせい》を謳歌《おうか》する』シリーズ同様、本作も子供がメインキャラとして活躍する物語になっています。

お察《さっ》しのとおり、私はおちびさんたちを書くのが大好きです。

小さい子たちが一生懸命生きてる姿の尊《とうと》さ……。

とくに生意気《なまいき》な少年のお話はずっと書いてみたかったので、今回、とてもワクワクしながら執筆《しっぴつ》することができました。

皆様にも楽しんでいただけるとよいのですが……。

さて、制作に携《たずさ》わって下さった方々にお礼を言わせてください。

イラストを担当して下さったイセ川《かわ》ヤスタカさま、素敵な挿絵をありがとうございました！　エディもクラリス姫も頭の中で思い描いていたとおりだったので、初めてみた時ものすごく感動しました。

担当のMさん、新シリーズでもご一緒できることになって、本当にうれしかったです。いろいろご迷惑をおかけしますが、引き続きよろしくお願いいたします……！

また本作、なんと「ガンガンGA」にて、コミカライズ企画が進行中なのです。詳細につきましては、ツイッターなどで随時《ずいじ》発表していきますので、ご確認いただければうれしいです。

それではまた皆様とお会いできることを祈《いの》っております！

二〇一九年五月某日　斧名田マニマニ

GAノベル

6歳《さい》の賢者《けんじゃ》は日陰《ひかげ》の道《みち》を歩《あゆ》みたい

2019年7月31日　初版第一刷発行

著者　斧名田マニマニ

発行人　小川 淳

発行所　SBクリエイティブ株式会社
〒106-0032　東京都港区六本木2-4-5
03-5549-1201　03-5549-1167(編集)

装丁　AFTERGLOW

印刷・製本　中央精版印刷株式会社

ISBN978-4-8156-0304-5
Printed in Japan

ファンレター、作品のご感想をお待ちしております。

〒106-0032　東京都港区六本木 2-4-5
SBクリエイティブ株式会社
GA文庫編集部 気付

「斧名田マニマニ先生」係
「イセ川ヤスタカ先生」係

本書に関するご意見・ご感想は
下のQRコードよりお寄せください。
※アクセスの際に発生する通信費等はご負担ください。

https://ga.sbcr.jp/

処刑少女の生きる道《バージンロード》
―そして、彼女は甦る―

著：佐藤真登　画：ニリツ

この世界には、異世界の日本から『迷い人』がやってくる。だが、過去に迷い人の暴走が原因で世界的な大災害が起きたため、彼らは見つけ次第『処刑人』が殺す必要があった。そんななか、処刑人のメノウは、迷い人の少女アカリと出会う。迷いなく冷徹に任務を遂行するメノウ。しかし、確実に殺したはずのアカリは、なぜか平然と復活してしまう。途方にくれたメノウは、不死身のアカリを殺しきる方法を探すため、彼女を騙してともに旅立つのだが……

「メノウちゃーん。行こ！」「……はいはい。わかったわよ」

妙に懐いてくるアカリを前に、メノウの心は少しずつ揺らぎはじめる。

――これは、彼女が彼女を殺すための物語。

帝国の勇者　世界より少女を守りたい、と“まがいもの”は叫んだ

著：有澤有　画：なのたろ

　ベルカ帝国が誇る無敵の異能兵士、【帝国の勇者】が反乱軍に殺害された!?

事態を重視した帝国は、勇者カイムを報復のため派遣するが……。

「……まるで、死んだシオンに……」

　カイムの前に現れた標的は＜勇者殺し＞に殺された仲間のシオンだった!!

しかも、古の英雄が振るった伝説の聖剣を掲げ、帝国の殲滅を宣言!?

「俺はすべてを捧げて、お前を救う」　聖剣に支配されたシオンを救うため、カイムは〈勇者殺し〉こと、蘇った英雄に挑むが苦戦。力量差を覆そうと、最後の切り札を使う――。「――ゆくぞ〈リンドブルム〉!」

　第１１回ＧＡ文庫大賞奨励賞。英雄の理想と少年の誓い、勝ち残るは!?

小泉花音は自重しない　美少女助手の甘デレ事情と現代異能事件録

著：高町京　画：東西

突然変異によって生物に異能力が発現するようになって40年。俺は幼馴染の小泉花音《こいずみかのん》とコンビを組んで、異能犯罪を取り締まるフリーランスの捜査官をしている、のだが……

「さあれー君、一緒にお風呂しよう。大丈夫、なんにもしないから！」

俺はなんでこんな変態とコンビ組んじゃったんだろうなぁ……

発電能力《エレクトロキネシス》を操る花音は当代一の能力者。街の平和のため、そして因縁深いとある能力者を捜すため、俺たちは今日も街を駆ける！

「だってれー君、一人じゃ何にもできないんだから！」

ウザヒロイン×異能の現代バディアクション開幕！